हिन्द पॉकेट बुक्स

एक मछुआ, एक मोती

जॉन अर्नस्ट स्टेनबेक जूनियर प्रसिद्ध अमेरिकी लेखक थे। उन्होंने साहित्य में 1962 का नोबेल पुरस्कार जीता। अपने लेखन कॅरियर के दौरान, उन्होंने 27 पुस्तकें लिखीं, जिनमें 16 उपन्यास, छह गैर-काल्पनिक पुस्तकें और लघु कहानियों के दो संग्रह शामिल हैं। पुलित्ज़र पुरस्कार विजेता *द ग्रेप्स ऑफ़ रैथ* (1939) को स्टीनबेक की उत्कृष्ट कृति और अमेरिकी साहित्यिक कैनन का हिस्सा माना जाता है। प्रकाशित होने के बाद पहले 75 वर्षों में, इसकी 14 मिलियन प्रतियां बिकीं।

एक मछुआ एक मोती

द *पर्ल* का हिन्दी अनुवाद

जॉन स्टेनबेक

अनुवादक
राजेन्द्र यादव

हिन्द पॉकेट बुक्स
पेंगुइन रैंडम हाउस इम्प्रिंट

हिन्द पॉकेट बुक्स

यूएसए | कनाडा | यूके | आयरलैंड | ऑस्ट्रेलिया | सिंगापुर
न्यू ज़ीलैंड | भारत | दक्षिण अफ्रीका | चीन

हिन्द पॉकेट बुक्स, पेंगुइन रैंडम हाउस ग्रुप ऑफ़ कम्पनीज़ का हिस्सा है,
जिसका पता global.penguinrandomhouse.com पर मिलेगा

पेंगुइन रैंडम हाउस इंडिया प्रा. लि.,
चौथी मंजिल, कैपिटल टावर -1, एम जी रोड,
गुड़गांव 122 002, हरियाणा, भारत

पेंगुइन
रैंडम हाउस
इंडिया

प्रथम हिन्दी संस्करण हिन्द पॉकेट बुक्स द्वारा 1965 में प्रकाशित
यह हिन्दी संस्करण हिन्द पॉकेट बुक्स में पेंगुइन रैंडम हाउस द्वारा 2022 में प्रकाशित

10 9 8 7 6 5 4 3 2

ISBN 9789353494216

मुद्रकः रेप्रो इंडिया लिमिटेड

www.penguin.co.in

FSC
www.fsc.org
MIX
Paper from
responsible sources
FSC® C047271

This is a legitimate digitally printed version of the book and therefore might not
have certain extra finishing on the cover.

एक मछुआ : एक मोती

"कस्बे में लोग आज भी उस महान और बहुमूल्य मोती की कहानी सुनाते हैं, कि कैसे वह हाथ आया और फिर हाथ से निकल गया। इसे में किनो मछुए, उसकी बीवी जुआना और बेटे कोयोतितो की कहानी के रूप में सुनाया जाता है। यह कहानी इतनी बार सुनी-सुनाई गई है कि हरएक के मन में बस गई है। और बहुत बार सुने-सुनाए गए जो किस्से लोगों के दिलों में घर कर लेते हैं उनमें या तो अच्छा होता है या बुरा, स्याह होता है या सफेद, पुण्य होता है या पाप। बीच की कहीं कोई चीज़ नहीं होती। इस कहानी के साथ भी यही है।

"अगर यह कहानी बोध-कथा है तो हर कोई शायद इसका अपना मतलब लगा लेता है, और इसमें अपनी ज़िन्दगी पढ़ लेता है।

" बहरहाल, कस्बे के लोग सुनाते हैं कि..."

1

भोर ही किनो की आंख खुल गई। तारे अभी भी दीखते थे और पूरब के निचले आसमान में हल्का उजास-भर झलका था। पालतू मुर्गे जाने कब से बांग लगा रहे थे। खाने की किसी बची-खुची चीज़ की तलाश में सूअरों ने टहनियों और छिपटियों को बुरी तरह उलट-पलट डाला था। फूस की झोंपड़ी के बाहर, नाशपाती की झाड़ी में छोटी-छोटी चिड़ियां चूं-चूं करती हुई पंखों से फट्-फट् कर रही थीं।

आंख खुलते ही किनो की निगाह सबसे पहले रोशन चौकोर की ओर पड़ी, यह दरवाज़ा था। दृष्टि फिर पालने की ओर गई—उसमें कोयोतितो सोया था। सबके बाद उसने पास ही बिस्तर पर सोई अपनी पत्नी जुमाना की तरफ सिर घुमाया। नीली ओढ़नी उसकी नाक और छातियों को ढकती हुई थोड़ी-सी पीठ पर पड़ी थी। जुआना की भी आंख खुल गई थी। किनो को याद नहीं पड़ता : कभी अपनी नींद टूटने पर उसे जुआना सोती मिली हो। उसकी काली-काली आंखों में तारों की बड़ी हल्की-हल्की परछाईं पड़ रही थी। किनो के जाग जाने पर जैसे वह हमेशा उसकी तरफ देखती है, इस समय भी ठीक उसी तरह देख रही थी।

सागर-तट से आते सुबह की लहरों के हल्के-हल्के थपेड़े किनो के कानों में पड़ रहे थे। बड़ा सुहाना लग रहा था—अपने मन का यह संगीत सुनने के लिए किनो ने फिर आंखें मूंद लीं। शायद वही अकेला है जो इस संगीत में यों डूब जाता है—या हो सकता है उसके और लोग

भी इसी तरह इस संगीत में खो जाते हैं। कभी उसके भाई-बिरादर बहुत बड़े गीतकार रहे थे और जो भी कुछ देखते, सोचते और करते या सुनते थे—सभी कुछ उनके निकट गीत बन उठता था। न जाने कितने पहले की बात है यह! उनके गीत आज भी हैं और किनो उन सबको जानता है, लेकिन उनमें नया कोई गीत नहीं जुड़ा है। यह नहीं है कि लोगों के अब अपने-अपने गीत नहीं रहे। नहीं, किनो के मन में ही इस समय एक कोमल और स्पष्ट गीत लहरा रहा है। काश, इसे वह शब्द दे पाता तो कहता—यह 'परिवार का गीत' है।

सीली हवा से बचने के लिए उसका कम्बल नाक तक आया हुमा था। पास की खसर-खसर आवाज़ से फिर उसकी पलकें खुल गईं। निःशब्द ही जुआना बिस्तर से उठ बैठी थी। नंगे, सख्त पैरों से चलकर वह पालने के पास आई। यहां कोयोतितो सो रहा था। उसपर झुककर उसने पुचकारा तो आंखें खोलकर पल-भर को कोयोतितो ने ऊपर ताका और फिर सो गया।

चूल्हे के पास आकर जुआना ने राख कुरेदी, एक कोयला निकाला और फूस के छोटे-छोटे तिनके उसपर डालकर पंखे से आग धधकाने लगी।

अब किनो उठा। कम्बल उसने अपने सिर, नाक और कन्धों पर लपेट लिया, पैरों में चप्पल डाली और पौ फटना देखने के लिए बाहर आ गया।

दरवाज़े के बाहर ज़मीन पर ही वह पालथी-पालथी मारकर बैठ गया और कम्बल के दोनों सिरे समेटकर घुटनों पर रख लिए। उसने देखा, खाड़ी के ऊपरवाले बादलों के चकत्ते अधर में लपटों की तरह जल उठे हैं। एक बकरा उसके पास चला आया और उसे सूंघता और अपनी भावनाहीन आंखों से टुकुर-टुकुर ताकता रहा। पीछे जुआना की

आग अब लपटों में धधक उठी थी और दीवार की झिरियों से रोशनी की बर्छियां फेंक रही थी। दरवाज़े के बाहर रोशनी का चौखटा सिमिट और फैल रहा था। आग की तलाश में कोई भूला-भटका पतंगा इधर से उधर मंडरा रहा था। आर यों 'परिवार का गीत' अब किनो को अपने पीछे से सुनाई पड़ रहा था। सुबह की रोटियों के लिए अब जुआना आटा पीस रही थी और चक्की की घर्र-घर्र परिवार-गीत की लय बन गई थी।

पौ अब जल्दी-जल्दी फटने लगी—पहले उजले-धुंधले एकाकार धब्बे, फिर उजास, फिर उजाला हुआ और खाड़ी के ऊपर सूरज निकलने के साथ ही आग का फव्वारा आसमान में फूट पड़ा। सामने के चौंधे से बचने के लिए किनो नीचे देखने लगा। अब घर से मकई की रोटियां बनने की फट-फट के साथ तवे से उड़ती सोंधी-सोंधी गंध भी आने लगी थी। चमकदार काले-काले चींटे और छोटी-छोटी मटमैली फुर्तीली चींटियां धरती पर अब अपने-अपने पेट की चिंता में निकल पड़ी थीं। किसी शिकारी चींटी ने रेत में छोटे-छोटे सूराखों का जाल बना दिया था और एक मटमैली चींटी उनसे निकल भागनेकी जी-तोड़ कोशिश में लगी थी। किनो भगवान जैसी तटस्थता से इस खेल को देखता रहा। एक सूखा-मरियल और डरपोक-सा कुत्ता किनो के पास आ गया। जैसे ही किनो ने पुचकारा कि लाड़ से कुत्ता दुहरा हो गया और उसकी दुम टांगों से जा चिपकी। उसने बड़े प्यार से अपनी ठोड़ी घूरे पर टेक दी। कुत्ता काले रंग का था और उसकी भौंहों की जगह सुनहले-पीले रंग के धब्बे थे। रोज़ जैसी सुबह आज भी थी, फिर भी कैसी भरी-पूरी सुबह थी!

किनो को पालने की रस्सी की चरमराहट सुनाई दी—जुआना ने कोयोतितो को पालने से उठाया था। जुआना ने उसके नाक-मुंह साफ किए, फिर गांठ बांधकर ओढ़नी को अपने गले में झूले की तरह

लटकाकर कोयोतितो को उसमें लिटा लिया। वह उसकी छाती से सटकर झूलता रहा। बिना उधर मुड़े ही किनो यह सब देख रहा था। बड़े मृदुल स्वर में जुआना कोई पुराना गीत गाने लगी। गीत में सुर तो केवल तीन ही थे, लेकिन बीच-बीच में आलाप लेने से जाने कितने राग निकल आते थे। यह भी तो उस परिवार-गीत का ही एक अंग था—बल्कि कहना चाहिए यही सम्पूर्ण राग था। कभी-कभी लय इतनी ऊंची उठ जाती कि गला रुंध जाता—मानो कहती हो—यही तो मंगल-कल्याण है—यही तो प्यार का सुख है, यही तो सब कुछ, सब कुछ है।

उसके घर की फूस की बाड़ के बाद फूस के और घर थे। उनसे भी धुआं उठ रहा था और वहां से भी नाश्ते की खटर-पटर पा रही थी—लेकिन वे गीत, दूसरे गीत थे—उनके सूअर दूसरे थे और उनकी बीवियां भी जुआना नहीं थीं। किनो जवान और मजबूत पट्ठा था और उसके काले-काले बाल गहरे गेहुंए रंग के माथे पर झूलते रहते थे। आंखों में प्यार की गर्मी और क्रूर भयानकता थी और वे चमकती रहती थीं। मूंछे महीन-महीन और खुरदरी थीं। कम्बल उसने नाक से नीचे सरका लिया, क्योंकि रात की ज़हरीली हवा अब बंद हो गई थी। घर पर पीली-पीली धूप फैल उठी थी। फूस की बाड़ के नीचे दो पालतू मुर्गे झुके-झुके, डैने फैलाए और गर्दन के पंख फुलाए झूठ-मूठ एक-दूसरे पर झपट रहे थे। लड़ गए तो बेहूदे ढंग से लड़ेंगे। लड़ाने के लिए तैयार किए गए मुर्गे तो हैं नहीं। कुछ देर किनो उन्हें देखता रहा, फिर उसकी आंखें ऊपर को उठ गईं। आसमान में जंगली बगुलों की पांत मैदानों पर झिलमिलझिलमिल करती पहाड़ों की तरफ उड़ी चली जा रही थी। सारी सृष्टि अब जाग उठी थी। किनो उठकर झोंपड़ी में आ गया।

दरवाज़े से होकर उसके भीतर आते ही जुनाना जलते चूल्हे के पास

से उठ खड़ी हई। कोयोतितो को वापस पालने में सुलाया और अपने काले-काले बालों में कंघी करने लगी। दो चोटियां गूंथकर दोनों सिरों को नीले रंग के पतले चुटीले से बांध लिया। किनो चूल्हे के पास ही आलथी-पालथी मारकर जम गया था और मकई की गरम-गरम रोटी को गोल लपेटकर चटनी में डुबो-डुबोकर खा रहा था। ऊपर से थोड़ी-सी ताड़ी गटक ली तो नाश्ता पूरा हो गया। दावतों के दिनों को छोड़कर यही उसका नित्य का कलेवा था। हां, बस एक बार एक उत्सव में इतने पुए खा गया था कि मरते-मरते बचा। किनो के खाने के बाद जुआना ने भी वहीं आकर अपना नाश्ता किया। एक बार वे आपस में कुछ बोले भी, लेकिन बोलना ज़रूरत न होकर आदत ही हो तो बहरहाल बिना बोले भी तो काम चल सकता है। किनो ने तृप्ति की गहरी डकार ली। यही उनकी आपस में बातचीत थी।

धूप अब झोंपड़ी को तपाने लगी थी और उसकी झिरियों से लम्बी-लम्बी धारियों के रूप में भीतर घुस आई थी। एक किरण पालने और उसकी डोरियों पर भी आ गई थी जिसमें कोयोतितो सोया था।

इस नन्ही-सी हरकत से दोनों की आंखें पालने की ओर चली गईं तो किनो और जुआना दोनों जैसे सकते की हालत में जहां के तहां खड़े रह गए। जिस डोरी से पालना छत की बल्ली से लटका था उसपर एक बिच्छू धीरे-धीरे नीचे उतर रहा था। डंकवाली पूंछ, पीछे सीधी तनी थी, लेकिन पलक झपकते ही वह उससे कोड़े की तरह मार कर सकता था।

किनो की सांस नथुनों में फुंकार उठी और उसे रोकने के लिए उसने मुंह खोल लिया। अब अचानक चौंकने का भाव और शरीर की जड़ता उसके ऊपर से गायब हो गई थी। उसके दिमाग में एक नया गीत उभर

आया था—पाप का गीत! शत्रु का, परिवार के दुश्मन का संगीत... एक हिंस्र, रहस्यमय और भीषण राग...और उसके नीचे परिवार का गीत बेचारा निरीह पड़ा-पड़ा कराह रहा था।

बिच्छु बड़े आहिस्ते रस्सी पर से पालने की ओर उतर रहा था। मुंह ही मुंह में, सांस के साथ जुआना इस तरह के अमंगल से रक्षा करनेवाला कोई बहुत पुराना मंत्र दुहरा रही थी और ऊपर से भिंचे दांतों के बीच 'जय माता मेरी' की प्रार्थना बुदबुदा रही थी। लेकिन किनो अब सक्रिय हो उठा था। बिजली की फुर्ती से दबे पांव वह हथेलियां नीचे किए हाथ सामने किए और बिच्छू पर एकटक निगाहें टिकाए हुए कमरे के दूसरे सिरे पर झपटा। उधर नीचे पालने में लेटा कोयोतितो हंस-हंसकर बिच्छू की तरफ हाथ उछाल रहा था। किनो ऊपर पाया ही था कि बिच्छ चौकन्ना होकर ठिठक गया और लप-लप करती पंछ पीठ के ऊपर तन पाई। पूंछ के ऊपर हंसिया जैसा डंक चमक रहा था।

किनो बिना हिले-डुले जैसा खड़ा था वैसा ही खड़ा रहा। उसने सुना—जुआना फुसफुसाती हुई वह पुराना टोना फिर पढ़ रही है। शत्रु का दुष्ट संगीत भी उसके कानों में सुनाई दे रहा था। बिच्छू जब तक अपनी जगह से न हिला, किनो भी टस से मस नहीं हुआ। बिच्छू भी आनेवाली मौत के स्रोत को भांप गया था। किनो बेहद चुपचाप और दबे पांव और आगे की ओर बढ़ा। ऊपर तनी हुई डंकदार पूंछ थरथरा रही थी। तभी हंसते हुए कोयोतितो ने रस्सी हिला दी और बिच्छू नीचे टपक पड़ा।

किनो का हाथ उसे पकड़ने के लिए लपका, लेकिन बिच्छू उंगलियों से छुटकर बच्चे के कंधे पर जा पड़ा और वहां गिरते ही उसने डंक मार दिया। तभी फुंकारकर किनो ने उसे जा दबोचा। उंगलियों में लेकर चटनी की तरह मसल डाला। फिर उसे फर्श पर गिराकर घूंसे से उसका कचूमर

निकाल दिया। उधर पालने में पड़ा-पड़ा कोयोतितो दर्द से चीख रहा था। लेकिन किनो दुश्मन को घूंसों और ठोकरों से कूटता रहा—आखिर धरती पर सिर्फ ज़रा-सा चूरा और गीला निशान-भर बाकी रह गया। उसके भिंचे दांत बाहर निकले पा रहे थे और गुस्से की आग उसकी आंखों में लपलपा रही थी और कानों में शत्रु-गीत गरज रहा था।

लेकिन जुआना ने दौड़कर बच्चे को गोद में उठा लिया। जहां बिच्छू ने डंक मारा था वहां देखा तो जगह एकदम लाल हो उठी थी। जुआना ने वहीं होंठ लगा दिए और ज़ोर से चूसकर थूक दिया, फिर चूसा। कोयोतितो चीख-चीखकर रोता रहा।

बौखलाया-सा किनो इधर से उधर चक्कर मारता रहा। उस समय वह क्या करता? वह तो बीच में ही था और लाचार था।

बच्चे का रोना सुनकर पड़ौसी बाहर निकल आए। अपने फूस के झोंपड़े से निकलकर किनो का भाई जुआन टामस, उसकी मोटी पत्नी अपोलोनियां और चारों बच्चे दरवाज़े पर जमघट लगाकर खड़े हो गए। उनके पीछे से दूसरे लोग झांकने की कोशिश कर रहे थे। एक छोटा-सा लड़का झुककर उनकी टांगों के बीच से देखने के लिए घुस आया था। सामनेवालों ने पीछेवालों को बताया—"बिच्छू ! बच्चे को बिच्छू ने डंक मार दिया।"

पल-भर को जुआना ने घाव चूसना रोका। छोटा-सा छेद कुछ बड़ा हो गया था और चूसने से उसके किनारे सफेद पड़ गए थे। लेकिन लाल-लाल मूजन चारों ओर काफी दूर तक फैलकर फोड़े जैसी सख्त हो गई थी। बिच्छू काटने से क्या होता है यह किसीसे छिपा नहीं था। डंक से बड़े आदमी की तो सिर्फ हालत ही खस्ता होती है, लेकिन बच्चे तो इसीमें मर तक जाते हैं। उन्हें मालूम था कि पहले सूजन होगी, फिर बुखार आएगा, फिर गला जकड़ेगा, पेट में ऐंठन होगी। और अगर ज़हर

काफी फैल गया तो इसीमें कोयोतितो चल बसेगा। लेकिन डंक की जलन अब खत्म हो गई थी और कोयोतितो की चीखें अब कराहने में बदल गई थीं।

किनो अपनी बीमार और नाज़ुक दुबली-पतली पत्नी की लोहे जैसी दृढ़ता पर चकित था। ऐसी आज्ञाकारिणी, ऐसी पति-भक्त, हंसमुख और सहनशील औरत थी कि बच्चा जनते समय पीठ के बल कमान हो गई थी, लेकिन क्या मजाल कि मुंह से उफ तक निकलने दी हो! खुद किनो के मुकाबले भूख और थकान ज़्यादा ही सह लेती थी। डोंगी पर उसका साथ एक अच्छे हट्टे-कट्टे आदमी का साथ होता था। इस समय भी उसने एक अत्यन्त विलक्षण बात कर डाली।

"डाक्टर," वह बोली—"डाक्टर साहब को बुलाओ।"

फूस की बाड़ के पीछे आंगन में जमघट लगाए खड़े पड़ोसियों में बात इस मुंह से उस मुंह तक चली गई—"जुआना डाक्टर बुलाने को कहती है!" डाक्टर बुलाने को कहना कैसी आश्चर्यजनक और स्मरणीय घटना थी! इन फूस की झोंपड़ियों के झुण्ड में डाक्टर की कभी किसीने सूरत नहीं देखी। और डाक्टर यहां आए ही क्यों? बस्ती के पत्थर-चूने के मकानों में रहनेवाले रईस लोगों से ही डाक्टर को फुरसत मिले तो आए भी!

"अरे वो नहीं पाएंगे।" दरवाज़े पर जमा लोगों ने कहा तो किनो को भी लगा कि वो नहीं आएंगे।

"डाक्टर साहब नहीं आएंगे।" किनो ने जुआना से कहा।

उसने शेरनी जैसी सख्त और सर्द निगाहों से किनो की तरफ आंखें उठाकर देखा। कोयोतितो, जुआना का पहलौठी का बच्चा है, जुआना की दुनिया का सर्वस्व है। उसकी संकल्प-दृढ़ता को किनो ने महसूस किया और उसके सिर में परिवार-गीत का लौह-राग घमक उठा।

"तब फिर हम लोग ही उनके यहां चलेंगे।" जुआना बोली। अपनी गहरी नीली ओढ़नी को सिर पर ठीक करके उसने एक सिरे में कराहते बच्चे को लटकाया और दूसरे सिरे से, धूप के चौंधे से बचाने के लिए उसकी आंखों पर आड़ कर ली। दरवाज़ेवालों ने पीछे के लोगों को धकेलकर उसके निकलने के लिए रास्ता छोड़ दिया। किनो भी पीछे हो लिया। दरवाज़े से निकलकर दोनों पक्की सड़क पर आ गए। बाकी लोग उनके पीछे-पीछे चले।

मागला अब पास-पडौस का हो गया था। तेज और फुर्तीले कदमों-से सबके-सब जुलूस बनाकर कस्बेके अन्दर की ओर बढ़रहे थे। आगे-आगे जुआना और किनो थे, उनके बाद जुआन टामस और जैसे-तैसे चलती, हर कदम के साथ पेट को थल-थल करती अपोलोनियां, फिर इधर-उधर बच्चे लिए पड़ौसी लोग। पीलासूरज पीछे से उनकी परछाइयां सामने की ओर फेंक रहा था और वे लोग अपनी ही परछाइयों पर कदम रखते, उन्हें कुचलते चले जा रहे थे।

अब ये लोग वहां आ गए जहां फूस की झोंपड़ियां खत्म हो गई थीं और पत्थर-चूने के मकानों का सिलसिला शुरू हो गया था। यह बाहर से सख्त-कड़ी दीवारों और भीतर शीतल बाग-बगीचोंवाली नगरी थी, जहां पानी के छोटे-छोटे फव्वारे अपनी बहारें दिखा रहे थे और बोगनबोलिया ने दीवारों को बैंगनी, गेरुआ और सफेद फूलों की परत से छा दिया था। उन अनदेखे, रहस्यमय बगीचों से पिंजरे-बन्द चिड़ियों का चहचहाना और तपते पत्थर की पटियों पर शीतलता प्रदान करनेवाले पानी की छल-छल सुनाई दे रही थी। चकाचौंध करते चौक-बाजार को पार करके जुलूस अब गिरजाघर के सामने आ गया। अब आकार में भी काफी बड़ा हो गया था। जूलूस के किनारेवाले लोग नये आनेवालों को बताते जा रहे थे कि कैसे बच्चे को बिच्छ ने काट लिया है और कैसे मां-बाप उसे

डाक्टर के पास लिए जा रहे हैं।

और इन नये आनेवालों में सबसे प्रमुख थे गिरजाघर के सामने बैठनेवाले भिखारी। रुपये-पैसे का हिसाब-किताब लगाने में ये लोग पक्के घाघ थे।आते ही सबसे पहले जुआना के पुराने नीले लहंगे पर निगाह डाली, ओढ़नी के फटे छेदों को देखा, हरे चुटीले की कीमत का अन्दाज़ा लगाया, किनो के कम्बल और हज़ारों बार धुले कपड़ों की उमर आकी और यह मानकर कि ये लोग गरीब आदमी हैं, इस उम्मीद में साथ हो लिए कि देखें क्या तमाशा होता है? गिरजा के सामनेवाले ये चारों भिखारी बस्ती की राई-रत्ती बात जानते थे। अपने पाप स्वीकार करने जाती हुई नवयुवतियों की मुद्राओं का अध्ययन तो विद्यार्थियों की तरह लौ लगाकर करते थे। जब वे बाहर निकलती तो उन्हें घूर-घूरकर देखते और भांपते कि किसने क्या पाप किया है? छोटे से छोटे घपलों और कुछ बड़े-बड़े अपराधों की सारी जानकारी इन्हें थी। यों गिरजे की छाया में अपनी-अपनी जगहों पर पड़े-पड़े सोया करते, लेकिन बिना इनकी जानकारी के क्या मजाल है कि कोई मानसिक शान्ति के लिए चुपचाप गिरजे में चला पाए। डाक्टर को भी ये लोग समझते थे और उसका अज्ञान, उसकी निर्दयता, उसकी धनलिप्सा, उसकी तृष्णा और पाप—कुछ भी इनकी आंखों से छिपा नहीं था। उसके गंदे गर्भपातों और छठे-छमाहे कभी भीख में डाली गई बादामी पाइयों से भी इनका परिचय था। चूंकि सुबह की पूजा हो चुकी थी और इस समय इनका धन्धा ठण्डा पड़ा था, इसलिए ये लोग भी जुलूस के पीछे-पीछे लग लिए। अपने जैसे मनुष्यों के विषय में सम्पूर्ण ज्ञान-प्राप्ति के ये अन्तहीन खोजी देखना चाहते थे कि बिच्छू काटे इस दरिद्र बालक के साथ मोटा-आलसी डाक्टर आखिर कैसा सलूक करता है।

यह हड़बड़ाता हुआ जुलूस आखिर डाक्टर के घर की दीवार में बने फाटक के सामने आ पहुंचा। छल-छल करता पानी, पिंजरों में बंद चिड़ियों की चूं-चूं और पत्थर की पटियों पर लम्बे-लम्बे झाडुओं की आवाज़ बाहर सुनाई दे रही थी। डाक्टर के घर से, सूअर का नमकीन मांस तलने की गन्ध आ रही थी।

एक क्षण को किनो असमंजस में पड़ा रहा। यह डाक्टर उसके अपने लोगों का डाक्टर नहीं है, बल्कि यह तो उस जाति के लोगों का डाक्टर है जिन्होंने चारेक सौ सालों से किनो की जाति के लोगों को पीटा है, भूखों मारा है, लूटा है और उनपर नफरत से थूका है—ताकि आदिवासी जब दरवाज़े पर आएं तो सहमते हुए आएं, सिर झुकाकर मिमियाते हुए आएं। और इसीलिए जैसा कि हमेशा होता आया है, आज किनो जब उस जाति के किसी व्यक्ति के पास आया था तो वह एक कमज़ोरी, भय के साथ-साथ गुस्सा भी महसूस कर रहा था। भय और क्रोध मन में होड़ लगाए थे। डाक्टर से बात करने की बजाय उसे मार डालना उसके लिए ज़्यादा आसान काम था, क्योंकि डाक्टर की जाति के सारे लोग किनो की जाति के सारे लोगों से यों बात करते थे जैसे वे शुद्ध जानवर हों। इसलिए जब फाटक के लोहे के कुण्डे की ओर उसने हाथ बढ़ाया तो उसका मन गुस्से से भर उठा था, और घूंसे मारता शत्रु-संगीत उसके कानों में बजने लगा था, होंठ दांतों पर कसकर चिपक गए थे, लेकिन बायां हाथ सिर काटोप उतारने के लिए अपने-आप उठ आया था। फाटक पर लोहे का कड़ा घनघनाया। टोप हाथ में लिए किनो राह देखता रहा। जुआना की बांहों में कोयोतितो हल्के-हल्के कराह रहा था और वह उसे चुमकार रही थी। अच्छी तरह देखने और सुनने के लिए जुलूस आसपास ही भीड़ लगाए खड़ा था।

कुछ क्षण बाद फाटक ज़रा-सा खुला। दरार से किनो को बगीचे की

हरी शीतलता और छल-छल करते छोटे-से फव्वारे की झलक मिली। फाटक से एक आदमी ने बाहर झांककर देखा। यह किनो की अपनी बिरादरी का आदमी था। किनो ने अपनी प्राचीन भाषा में उसे बताया—"मेरे छोटे—पहलौठी के मुन्ने को बिच्छू ने डंक मार दिया है। किसी सयाने की विद्या से ही इसे आराम मिलेगा।"

दरवाज़ा थोड़ा-सा बन्द हो गया। नौकर ने अपनी पुरानी भाषा पर कान न देकर कहा—"ज़रा देर ठहरो। मैं खुद जाकर खबर करता हूं।" और दरवाज़ा बंद करके कुण्डी चढ़ा दी। चौंधा मारती धूप के कारण झुण्ड बनाए लोगों की परछाइयां सफेद दीवार पर काली-काली होकर पड़ रही थीं।

डाक्टर अपने कमरे में ऊंचे-से पलंग पर बैठा था। पैरिस से लाया हुआ, लाल रंगा ड्रेसिंग-गाउन शरीर पर था जो बटन लगाने पर छाती के ऊपर कुछ छोटा पड़ता था। गोद में चांदी का थाल रखा था। उसमें चांदी की ही बनी चाकलेटदानी और अण्डे के छिलके जैसी पतली चीनी मिट्टी की नन्ही-सी प्याली थी। प्याली इतनी छोटी थी कि जब वह अपने बड़े-से हाथ से उसे उठाता तो अजब बेहूदा दिखाई देता—अंगूठे और उंगली की पोर से प्याली को पकड़े रहता, बाकी उंगलियां उड़ते पक्षी के डैनों की तरह इधर-उधर फैली रहतीं ताकि प्याली पकड़ने के बीच में आएं। फूले-फूले छोटे-छोटे थैलों में उसकी आंखें लटकी थीं और घोर असंतोष से मुंह नीचे झूल पाया था। शरीर बुरी तरह फूल गया था और गले तक आती चर्बी के दबाव से आवाज़ भोंड़ी और भारी हो गई थी। पास ही मेज़ पर एक एशियायी घण्टा और सिगरेट रखने की कटोरी रखी थी।कमरेका सारासाज-सामान भारी-भरकम,गहरे रंगों का और मनहूस-साथा। तस्वीरें सारी धार्मिक थीं। एक बड़ी-सी रंग-बिरंगी फोटो उसकी मृत पत्नी की भी लगी थी और अगर पत्नी कोअपनी जायदाद की दान-

दक्षिणा और गिरजे के पूजा-पाठ से स्वर्ग मिल पाया होगा तो इस समय वह स्वर्ग में ही विश्राम कर रही होगी। कभी, कुछ समय के लिए डाक्टर का सम्बन्ध शेष लम्बी-चौड़ी दुनिया से भी रहा था, और बाद की उसकी यह सारी ज़िन्दगी फ्रांस की यादों या वहां के लिए ललकने में बीत रही थी। वह कहा करता—"उसे कहते हैं सभ्य लोगों की तरह जीना।" जिसका मतलब सिर्फ इतना था कि अपनी छोटी-मोटी आमदनी से वह एक रखैल रखता था और रेस्त्राओं में खाना खा लेता था। उसने चाकलेट का दूसरा प्याला ढाला और एक मीठे बिस्कुट को उंगलियों से मसलता रहा। फाटक से आकर नौकर ने कमरे का दरवाज़ा खोला और एक आर खड़ा हो गया कि डाक्टर का ध्यान उधर जाए तो कुछ कहे।

"हां, बोलो?" डाक्टर ने पूछा।

"एक रेड-इंडियन बच्चे को लेकर आया हुआ है। कहता है, बिच्छू ने डंक मार दिया है।"

गुस्सा होने से पहले डाक्टर ने प्याला मेज़ पर रखा और बोला, "कोई और काम नहीं है मुझे? इन कमीन रेड-इण्डियनों के कीडे-मकोड़े काटे का इलाज करना ही रह गया है मेरे लिए? मैं पादमियों का डाक्टर हूं, मवेशियों का नहीं। समझे?"

"ठीक बात है अन्नदाता।" नौकर ने कहा।

"कुछ पैसा-वैसा है उसके पास?" डाक्टर ने पूछा—"नहीं-नहीं, इन लोगों के पास कभी एक पाई नहीं होती। मैं...'बस, बेगार करने के लिए दुनिया में एक मैं ही बचा हूं? मेरी तो नाक में दम हो गया। देखो तो, कुछ पैसे-वैसे लाया है या नहीं?"

नौकर ने जाकर फाटक फिर ज़रा-सा खोला और प्रतीक्षा करते लोगों की ओर देखकर इस बार अपनी पुरानी भाषा में पूछा—"इलाज के लिए पैसे-वैसे लाए हो?"

अब किनो ने कम्बल के भीतर कहीं हाथ डालकर एक बेहद मुड़ा-तुडा कागज़ निकाला। एक-एक तह करके उसे खोला। आखिर उसमें से मोतियों के आठ टूटे-फूटे-से दाने निकले। दाने बहुत भद्दे और फुड़ियों जैसे बदरंग थे। दबकर चपटे और बेकार हो गए थे—उनकी शायद अब कोई कीमत नहीं रह गई थी। पुड़िया लेकर नौकर ने फाटक फिर बन्द कर लिया। लेकिन इस बार उसने बहुत देर नहीं लगाई। वापस आकर इतना-सा ही फाटक खोला कि पुड़िया लौटाई जा सके।

"डाक्टर साहब कहीं चले गए हैं।" उसने बताया—"कोई बड़ी बात हो गई है इसलिए कोई उनको बुला ले गया है।" और मारे शर्म के उसने भड़ाकू से फाटक बन्द कर लिया।

और शर्म की वह लहर सारे जुलूस में यहां से वहां तक दौड़ गई। लोग तितर-बितर हो गए। भिखारी वापस गिरजाघर की सीढ़ियों पर चले गए। बेकार लोग इधर-उधर हो गए और पड़ौसी किनो की इस दिन-दहाड़े बेइज़्ज़ती से आंखें चुराकर सरक गए।

जाने कब तक किनो फाटक के सामने खड़ा रहा। पास हो जुआना भी खड़ी थी। अदब दिखाने के लिए हाथ में लिया हुआ टोप फिर सिर पर रख लिया। और फिर अचानक फाटक पर एक ज़ोरदार घूंसा दे मारा। फिर सिर झुकाकर अपनी उंगलियों के फटे हुए गट्टों, और उनके बीच से बहते खून को चकित-सा देखता रहा।

2

यह कस्बा एक चौड़ी खाड़ी के किनारे बसा था और चूने की पीली-पीली इमारतों ने सागर-तट को प्रगाढ़ आलिंगन में बांध रखा

था। सागर के तट पर नायारित से लाई गई नीली-सफेद डोंगियां खींच-खींचकर डाल दी जाती थीं। पानी का असर रोकनेवाले किसी ऐसे मसाले का सीपी जैसा सख्त लेप इनपर होता था कि पीढ़ी दर पीढ़ी ये ज्यों की त्यों बनी रहती थीं। इस मसाले का भेद सिर्फ मछुए ही जानते थे। डोंगियां काफी बड़ी-बड़ी और शानदार थीं—मुड़े धनुष के आकार का अगला भाग, पीछे की सूतवां पूंछ और बीचोबीच जुड़ा हुआ वह भाग, जहां छोटा-मोटा पाल लगाने के लिए मस्तूल को जमाया जा सके।

समुद्र-तट पर पीली रेती बिछी थी, लेकिन पानी के एकदम किनारे-किनारे रेत की बजाय सीपी-शंखों का चूरा और काई थी। चिकारा जैसी आवाज़ निकालनेवाले केकड़े, अपने रेतीले बिलों में बैठे-बैठे बुलबुले और थूक निकालते रहते और उधर उथले में बजरी और रेत के घरों में झींगे कभी पानी के ऊपर सिर निकाल लेते और कभी गडप से छिप जाते। सागर-तल रेंगने, तैरने और उगनेवाली चीज़ों से भरा पड़ा था। हल्की-हल्की धार में बादामी काई लहराती रहती और हरी-हरी जल-सर्पों जैसी घास कभी इधर और कभी उधर झूमती और नन्हे-नन्हे दरियाई घोड़े उसके तनों से लिपटे रहते। तले में इस सर्प-धास की पट्टी पर, चितकबरी ज़हरीली मछलियां पड़ी रहतीं और उनके ऊपर तैरनेवाले चमकीले रंगों के केकड़े धमाचौकड़ी मचाए रहते।

उधर तट पर बस्ती के भूखे और सूअर, चढ़तेज्वार में बआई किसी मरी मछली या चिड़िया की तलाश में लगातार चक्कर लगाया करते।

यों कहने को भोर अपने यौवन पर थी, लेकिन धुंध की मरीचिका सामने फैली हुई थी। सारी खाड़ी के ऊपर अजब अनिश्चितसी हवा छा गई थी। इसमें कुछ चीज़ें अपने आकार से बहुत बड़ी दीखती थीं और कुछ एकदम घुप हो गई थीं। सारा दृश्य बड़ा बनावटी-सा हो

उठा था और जो कुछ दीखता था उसपर विश्वास नहीं होता था। सागर और धरती स्वप्न जैसे साफ-तीखे, पर साथ ही धुंधले और अस्पष्ट-से दीखते थे। यही कारण होगा कि खाड़ी पर रहनेवालों को किसी चीज़ की दूरी, या स्पष्ट रूपरेखा, या दीखनेवाली चीज़ों की वास्तविकता के लिए अपनी आंखों पर उतना विश्वास नहीं था जितना विश्वास उन्हें अपनी आध्यात्मिक और कल्पना-दृष्टि से दीखनेवाली चीज़ों पर था। कस्बे के दूसरी ओर, खाड़ी के पार समुद्री पेड़ों का एक हिस्सा बहुत ही साफ-सुथरा और कटा-छंटा नोंक-पलक से दुरुस्त दिखाई देता था, दूसरी ओर उसी पेड़ का धुंधला काला-नीला ठूंठ ढूह की तरह पड़ा था। तट का एक भाग, काफी दूर जाकर पानी जैसी दीखनेवाली झलमलाहट में जाकर खो गया था। जो कुछ दीखता था उसपर भरोसा नहीं था। यह जान सकने का कोई प्रमाण नहीं था कि जो कुछ दीखता है वह सचमुच वहां है ही। खाड़ी के लोग सोचते-समझते थे कि सभी जगह ऐसा ही होता होगा और इसमें उन्हें कुछ भी अनोखा नहीं लगता था। पानी के ऊपर एक तांबई धुन्ध छाई हुई थी और तपती सुबह का सूरज उस धुन्ध को और भी तचा रहा था और वह इससे इस तरह थरथराने लगा था कि उधर देखते ही आंखों में चोंधा लगता था। मछली-मारों के फूस के मकान, समुद्र-तट के पीछे, कस्बे के दाहिनी ओर पड़ते थे और उनके सामनेवाले खुले हिस्से में डोंगियां खींच-खींचकर डाल दी जाती थीं।

किनो और जुआना भारी कदमों से सागर-तट पर होते हुए अपनी डोंगी के पास आ गए। किनो के पास दुनिया में कीमती कहने लायक कोई चीज़ थी तो यह डोंगी। डोंगी बहुत पुरानी थी। किनो का दादा इसे नायारित से लाया था। उसने इसे किनो के बाप को दिया और इस प्रकार यह उसे मिली। यह उसकी जायदाद भी थी और जीविका का

आधार भी। क्योंकि जिस मछुए के पास नाव है वह अपनी औरत को कुछ न कुछ खिलाने का ज़िम्मा तो ले ही सकता है। भूखों मरने की हालत से लड़ने के लिए यही मोर्चा सही। हर साल किनो, सीपी जैसा सख्त मसाला लगाकर डोंगी की मरम्मत कर लेता था। यह रहस्यमय तरीका भी नाव के साथ-साथ उसे अपने बाप से मिला था। डोंगी के पास आकर हस्बमामूल उसने सामनेवाले धनुषाकार हिस्से को दुलार से छुआ। लंगर का पत्थर, एक डलिया और दो रस्सियां वह डोंगी के पास रेत में ही रखता था। उसने कम्बल को तह करके 'कमान' में बिछा दिया।

जुआना ने कोयोतितो को कम्बल पर लिटाकर अपनी ओढ़नी से इस तरह ढक दिया कि धूप सीधी ऊपर न पड़े। बच्चा अब चुप हो गया था, लेकिन कन्धे की सूजन गर्दन और कनपटी तक बढ़ाई थी और उसका चेहरा फूलकर ज्वर-ग्रस्त हो उठा था। जुआना पैरों से पानी ठेलती हुई समुद्र में घुस गई। यहां उसने कुछ बादामी सिवार इत्यादि जमा की और उसकी गीली पुल्टिस जैसी टिकिया बनाकर बच्चे के सूजे हुए कन्धे पर रख दी। क्या कोई डाक्टर बताएगा ऐसा इलाज? हां, इस इलाज में वह रौब कहां? बेहद सीधा-सादा और बिना पैसे-टके का जो इलाज था। कोयोतितो को फिर पेट की ऐंठन नहीं हुई। उसका सारा ज़हर जुआना ने शायद समय से ही चूस फेंका था, लेकिन अपने इकलौते की चिन्ताएं तो नहीं चूस पाई थी। बच्चे के ठीक होने के लिए सीधे-सीधे प्रार्थना उसने भले ही न की हो, लेकिन यह तो वह मना ही रही थी कि जैसे भी आज उन्हें एक मोती ज़रूर मिल जाए, तो डाक्टर की फीस देकर बच्चे को दिखा दें। खाड़ी की मरीचिका की तरह कितना खोखला होता है आदमी का मन भी!

अब किनो और जुआना दोनों ने मिलकर डोंगी को किनारे से

पानी में सरका दिया। सामने का धनुषाकार हिस्सा पानी में तैरने लगा तो लपककर जुआना ऊपर चढ़ गई और किनो पीछेवाले हिस्से को ठेलता हुआ साथ-साथ पानी में चलने लगा। डोंगी बड़े बेमालूम तरीके से पानी पर तैरने और थपेड़े मारती छोटी-छोटी लहरों पर कांपने लगी थी। जुआना और किनो ने मिलकर सागर में चप्पू खेने शुरू कर दिए तो नाव पानी की सतह चीरती सपाटे से आगे बढ़ने लगी। मोती खोजनेवाले दूसरे मछुए बहुत पहले ही निकल गए थे। ज़रा देर में ही, वे धुन्ध के पार घोंघोंवाली पट्टी के ऊपर एकसाथ झुण्ड बनाए झलमलाते नज़र आने लगे।

पानी से छन-छनकर रोशनी नीचे तले तक जा रही थी—जहां ऊबड़-खाबड़ ज़मीन के साथ, मोतियोंवाले लहरदार घोंघे चिपके पड़े थे। ज़मीन पर दुनिया-भर के खुले और टूटे घोंघों की सीपियां बिखरी थीं। यही तो वह पट्टी थी जिसने स्पेन के सम्राट को यूरोप की महान शक्ति के रूप में उठाकर स्थापित कर दिया था, उसकी लड़ाइयों के खर्चे जुटाने में मदद की और अन्त समय में उसकी आत्मा की शान्ति के लिए गिरजाघरों को दुनिया भर के साज-सामान से जगमगा दिया था। ऊपर के खोल पर लहंगों जैसी चुन्नटोंवाले भूरे-भूरे घोंघे, चिपचिपी सतहवाले घोंघे, जिनकी चुन्नटों से चिपके छोटी-छोटी जल-घास के तिनके झूलते थे और उनके ऊपर नन्हे-नन्हे केकड़े यहां-वहां रेंगते दीखते थे। इन घोंघों की ज़िन्दगी में कभी एक संयोग घटित हो जाता है। मांस-पेशियों की किसी तह में रेत का कोई ज़र्रा फंसकर, कांस में जलन पैदा करने लगता है। आखिर आत्मरक्षा की प्रेरणा से मांस, इस ज़र्रे पर मुलायम से सीमेंट की परत लपेट लेता है। लेकिन जहां एक बार यह क्रिया शुरू हुई कि मांस इस अतिथि-कण को लगातार उसी द्रव में लपेटता रहता है। हां, ज्वार के कारण किसी उथल-पुथल का चपेट में आ जाने, या घोंघे के

ही नष्ट हो जाने से वह ज़र्रा छिटककर अलग हो जाए तो बात दूसरी है। सदियों से लोग डुबकी लगाकर तले में जाते हैं, उस पट्टी में फैले घोंघों को तोड़कर लाते हैं फिर इसी द्रव-लिपटे रेत के कण की तलाश में इन्हें चीर-चीरकर देखते हैं। मछलियों के झुण्ड के झण्ड इस पट्टी के आसपास मंडराया करते हैं, ताकि इन खोजी गोताखोरों द्वारा तोड़कर फेंके गए बेकार घोंघे उनसे दूर न जा पाएं और खोल के अन्दर के चमकीले हिस्सों को ये मछलियां कुतर-कुतरकर खाती रहें। लेकिन मोतियों का होना तो संयोग और उन्हें पा लेना सौभाग्य है —यानी इसकी पीठ पर भगवान, या देवताओं, या दोनों का हाथ होना ज़रूरी है।

किनो के पास दो रस्सियां थीं; एक में भारी पत्थर बंधा था और दूसरी में एक डलिया। उसने झटके से अपनी कमीज़ और पतलून खोलकर एक ओर फेंके और टोप को डोंगी के तले में रख दिया। पानी में तेलिया चिकनाहट थी। एक हाथ से पत्थर उठाया और डोंगी के किनारे से पैरों के बल पानी में सरक गया। पत्थर का ढोका उसे तले की ओर खींचता ले चला। उसके पीछे बुलबुले उठते रहे। फिर पानी साफ हुआ तो उसे साफ दिखाई देने लगा। ऊपर पानी की सतह पर कोंधा मारते शीशे जैसी चिलक थरथरा रही थी—वहीं डोंगियों के पेंदे यहां-वहां चिपके हुए जड़े थे।

रेत और कीचड़ से पानी गंदला न हो, इसलिए किनो बड़ी होशियारी से आगे बढ़ा। पत्थर में लगे फंदे में उसने अपनी एक टांग फंसा ली और जल्दी-जल्दी हाथ चलाते हुए घोंघे तोड़ने लगा। अकेला हाथ आ गया तो अकेला, और गुच्छा हाथ लग गया तो गुच्छा। सबको डलिया में डालता जाता था। कहीं-कहीं तो घोंघे एक-दूसरे से ऐसे चिपके थे कि गुच्छे के गुच्छे ही उठे चले आए।

जो भी कुछ होता था या उस सबको लेकर किनो की जाति के

लोगों ने गीत बना लिए थे। उन्होंने मछलियों के गीत रचे थे, शान्त और क्षुब्ध सागर के गीत गाए थे, अंधेरे और उजाले, सूरज और चंदा के गीत गाए थे। और कभी भी किसीने जो गीत बनाए थे, वे सारे के सारे गीत, यहां तक कि भूले-बिसरे गीत, वे सब किनो के भीतर और उसकी जाति के लोगों के भीतर आज भी गूंजते थे। इसलिए जैसे-जैसे वह अपनी डलिया भरता जाता था, उसके मन में गीत उभरता आ रहा था। रुकी हुई सांस से जीवन-वायु पीता और धक्-धक् करता उसका हृदय गीत की ताल था और भूरा-हरा पानी, इधर-उधर उछल-कूद करते जल-जीव और मछलियों का वह बादल जो एक बार चारों ओर फैलकर नौ-दो ग्यारह हो गया था—ये सब उस गीत की रागिनी थे। लेकिन उस गीत के भीतर छोटा-सा एक और रहस्यमय गीत छिपा था—एकदम अदृश्य और निराकार, लेकिन ज़िद्दी बच्चे की तरह हमेशा बना रहनेवाला, बहुत मधुर और अत्यन्त गोपन—और उलट-रागिनी के भीतर छिपा बैठा यह गीत था किसी संभावित मोती का गीत—कौन जाने डलिया में फेंकी गई हर सीपी में एक-एक नन्हा-मुन्ना मोती सो रहा हो! अवसर इसके विरुद्ध था, लेकिन हो सकता है भाग्य और देवता उसका ही साथ दें! और किनो जानता था कि ऊपर डोंगी में बैठी जुआना, देवताओं के हाथ से सौभाग्य छीनने के लिए प्रार्थना-मंत्र पढ़ रही है—अपने कठोर चेहरे और कसी मांस-पेशिंयों के साथ इस जादू से भाग्य को जबर्दस्ती उसकी ओर ठेले दे रही है, क्योंकि कोयोतितो के सूजे कन्धे के लिए आज उसे सौभाग्य की ज़रूरत है। और चूंकि ज़रूरत और इच्छा बहुत ज़बर्दस्त है इसलिए मोती-रागिनी चाहे जितनी क्षीण और अदृश्य हो—आज की सुबह बहुत ही सशक्त हो उठी है। समुद्र-तलवाले इस गीत में उस रागिनी का एक-एक शब्द सुस्पष्ट और मधुर सुनाई पड़ रहा है।

अपने ज़ोम, ज़वानी और ताकत के कारण किनो बिना खास दिक्कत के पानी के भीतर दो मिनट से भी ऊपर बना रहा और बड़ी से बड़ी सीपियां छांटता हुआ संयत-भाव से अपने काम में लगा रहा। इस उथल-पुथल से घोंघों की सीपियां खूब कसकर बन्द हो गई थीं। उसके थोड़ा दाहिनी ओर ऊबड़-खाबड़ पत्थर का एक टीला-सा खड़ा था। उसपर छोटे-छोटे घोंघे लदे थे जो अभी तोड़ने लायक नहीं हुए थे। घूमकर किनो इस टीले के पीछे की ओर बढ़ा। तभी उसकी निगाह टीले की बगल में, सामने निकले पत्थर के नीचे पड़े एक बहुत बड़े घोंघे पर जा पड़ी। घोंधा एकदम अकेला था और उसके आसपास कोई भाई-बन्द नहीं चिपका था। चूंकि सामने निकला पत्थर इस पुराने घोंघे की आड़ किए हुए थे, इसलिए सीपी का मुंह अभी भी ज़रा-सा खुला हुआ था। होंठों जैसी इस पेशी के बीच किनो को एक स्वर्गीय चमक दिखाई दी ही थी कि सीपी का मुंह बन्द हो गया। भारी ताल देता हुआ उसका दिल धक्-धक् कर उठा और सम्भावित मोती की रागिनी उसके कानों में झनझना उठी। धीरे-धीरे खींचकर उसने घोंघे को उस जगह से छुड़ाया और कसकर छाती से चिपका लिया। पांव झटककर पत्थर में फंसा फंदा अलग किया तो उसका शरीर सतह पर उठता चला आया। उसके काले-काले गीले बाल पानी में चमक उठे। डोंगी के किनारे पर चढ़कर उसने घोंघे को नाव के तले में जा रखा!

जब वह चढ़कर ऊपर आया तो जुआना नाव को हिलने-डुलने से रोके रही। उत्तेजना से उसकी आंखें दमक रही थीं, लेकिन भल-मनसाहत में उसने पहले पत्थर खींचा, फिर घोंघोंवाली डलिया खींचकर दोनों को उठाकर नाव में रख लिया। जुआना ने उसकी उत्तेजना ताड़ ली थी, लेकिन दूसरी ओर देखने का बहाना किए रही।

किसी चीज़ की इतनी अधिक कामना करना अच्छा नहीं होता। इससे कभी-कभी सौभाग्य और भी दूर भाग जाता है। जितनी ज़रूरत हो,बस उतनी ही कामना करो। और फिर भगवान और देवताओं के साथ तो और भी चतुराई बरतने की आवश्यकता है। लेकिन जुआना की सांस गले में ही अटकी हुई थी। किनो ने बड़े निरुद्विग्न-भाव से अपना छोटा-सा मज़बूत चाकू खोला और तोलती-सी निगाह घोंघे पर डाली। अच्छा हो, उस घोंघे को सबसे बाद में खोला जाए। उसने एक छोटा-सा घोंघा पहले उठाया, उसे चाकू से चीरा, तहों में मोती तलाश किया और पानी में फेंक दिया। तब उसने ऐसा भाव दिखाया, मानो उस बड़े घोंघे को पहले-पहल ही देख रहा हो। आलथी-पालथी मारकर डोंगी के तले में बैठ गया और घोंघे को हाथ में लेकर उलट-पलटकर देखने लगा। नालियां काली से बादामी होती हुई चमक रही थीं और ऊपर के सीप पर बहुत ही कम चीज़ें चिपकी थीं। किनो का मन उसे खोलने को नहीं कर रहा था। वह जानता था, जो कुछ दीखा है वह रोशनी की परछाईं भी हो सकती है। हो सकता है किसी सीपी का कोई चपटा-सा टुकड़ा ही संयोग से उसमें सरक गया हो, या हो सकता है कुछ भी न हो और उसकी आंखों का शुद्ध भ्रम ही हो। इस खाड़ी में यों ही रोशनी का कभी कुछ भी ठीक नहीं होता, सो यहां वास्तविकता की अपेक्षा भ्रान्तियों की ही गुंजायश ज़्यादा है।

लेकिन जुआना की आंखें तो उसीपर टिकी थीं और उससे राह देखते नहीं बन रहा था। एक हाथ उसने कोयोतितो के ढके सिर पर रखा और निहायत ही मुलायम स्वर में कहा—"इसे खोलो न!"

उसने बड़ी होशियारी से चाकू खोलकर किनारे पर रखकर भीतर तक फाड़ दिया। कटते हुए मांस का सिकुड़कर और भी सख्त पड़ते जाना उसने अपने चाकू के फल पर महसूस किया। सटी हुई

पेशियों में चाकू का फल अड़ाकर जो ज़ोर लगाया तो सीपी अलग जा पड़ी। होंठ जैसा मांस सिकुड़कर पहले ऐंठा और फिर ठण्डा पड़ गया। किनो ने मांस का लोथड़ा उठाकर देखा, पूनम के चांद-सा मोती दप्-दप् कर रहा था। प्रकाश उसपर पड़कर निर्मल हो जाता था और उसमें से रुपहली आभा की किरणें फूट रही थीं। हंस के अंडे जितना आकार था। वह दुनिया का सबसे बड़ा और महान मोती था।

जुआना की सांस गले में फंस गई और वह जैसे बेचैनी से कराह उठी। और किनो के भीतर सोई, सम्भावित मोती की गोपन रागिनी अब अपने सुन्दरतम और स्पष्टतम रूप में फट पड़ी—कैसी समृद्ध, भावोच्छ्वसित और प्रिय, कैसी उजली, ललकारती और विजयिनी रागिनी थी वह ! मोती की सतह पर उसे अपने सपनों की छायाएँ तैरती दीखने लगीं। मुर्दार होते गोश्त से उसने मोती अलग किया और हथेली पर रख लिया। उलट-पलटकर देखा कि उसकी हर नोंक-पलक एकदम दुरुस्त है। उसकी हथेली में रखे मोती को और भी गौर से देखने के लिए जुआना पास खिसक आई। यही तो वह हाथ था जिसे उसने डाक्टर के फाटक पर दे मारा था। उंगलियों की गांठों पर फटा मांस अब समुद्री पानी के कारण भूरे रंग का हो गया था।

अपने-आप ही जुआना, बाप के कम्बल पर सोए पड़े कोयोतितो के पास आ गई। समुद्री घास की पुल्टिस हटाकर उसने कन्धा देखा तो भर्राए गले से चीख उठी—"किनो !"

मोती के ऊपर से निगाह फेंककर किनो ने देखा, मुन्ने के कंधे की सूजन कम हो रही थी और उसके शरीर से अब ज़हर उतर रहा था। और तब किनो की मुट्ठी मोती के ऊपर कस उठी और भावनाओं का ज्वार उसे बहा ले गया। सिर को झटके से पीछे फेंका और एक ज़ोरदार चिंघाड़

मारी। उसकी आंखें फैल गईं और वह ज़ोर-ज़ोर से चीखने लगा। उसका शरीर सख्त हो उठा। दूसरी डोंगियोंवाले लोगों ने उधर सिर घुमाकर देखा तो चौंक पड़े, और फिर अपने-अपने चप्पुओं से समुद्र का पानी उलीचते अन्धाधुन्ध किनो की डोंगी की ओर दौड़ पड़े।

3

कस्बा, अनेक नस्लों और तत्त्वों के मिश्रण से बने प्राणी जैसा ही सजीव होता है। उसकी अपनी स्नायु-प्रणाली होती है, अपना सिर, अपने कन्धे और अपने पैर होते हैं। एक कस्बा दूसरे कस्बे से एकदम अलग होता है और कोई भी दो कस्बे एक जैसे नहीं होते। हर कस्बे की अपनी स्वतन्त्र और सम्पूर्ण आत्मा, अपना भावना-जगत् होता है। खबरें वहां कैसे चलती और फैलती हैं, इस रहस्य का पता लगाना बड़ी टेढ़ी खीर है। अपनी-अपनी बाड़ों और मुंडेरों पर झुककर एक-दूसरे से सिर जोड़े औरतों और धक्कामुक्की करते अन्धाधुन्ध भागते बच्चों के मुंह से बात निकलने के पहले ही खबरें सारी बस्ती में आग का तरह फैल जाती हैं।

किनो, जुआना और दूसरे मछुए अपनी-अपनी फूस की झोंपड़ियों में वापस भी नहीं पहुंचे थे कि उधर बस्ती की नसें इस खबर से झनझना और थरथरा रही थीं कि किनो को दुनिया का सबसे बड़ा मोती मिला है। हांफते हुए लड़कों के मुंह से हकलाते शब्द निकलने से पहले ही उनकी मांओं को पता लग गया था। और यह खबर झागदार समुद्री लहर की तरह एक ही झपाटे में झोंपड़ियों को पार करती हुई पत्थर-चूनेवाले मकानों पर जो फैली थी। बगीचे में टहलते पादरी के पास खबर की यह

लहर आई तो आंखों में चिन्ता के बादल घिर आए। एकसाथ ही उसे गिरजाघर की कुछ ज़रूरी मरम्मत का ध्यान हो आया। 'कितने का होगा मोती?'—वह मन ही मन हिसाब लगाने लगा। तभी खयाल आया कि पता नहीं उसने किनो के बच्चे कानामकरण-संस्कार कर दिया है या नहीं! या इस धर्म-दीक्षा के लिए उसकी बाकायदा शादी भी कर दी है या नहीं! खबर दूकानदारों के पास आई तो उन्हें मर्दाने कपड़ों का खयाल हो आया जो छठे-छमाहे कभी एकाध बिक जाते थे और दूकान में पड़े-पड़े सूख रहे थे।

जब डाक्टर को खबर मिली, वह किसी मरीज़ औरत के पास बैठा था। औरत की मूल बीमारी तो बढ़ती उम्र थी, लेकिन इस सत्य को डाक्टर और मरीज़ दोनों ही स्वीकार करते कतराते थे। जैसे ही पता चला कि यह किनो कौन है तो वह पलक मारते ही बैलौस और इन्साफी हो उठा। बोला—"मेरा ही मरीज़ है। मैं उसके बच्चे का, बिच्छू काटे का इलाज कर रहा हूं।" मोटे-मोटे पपोटों में उसकी आंखें खुल आईं और उसे पैरिस याद हो आया। उसे वह कमरा याद पाया जिसे वह बड़ी लम्बी-चौड़ी अय्याशी की जगह मानकर रहा करता था। उस कठोर चेहरेवाली औरत का खयाल आया जो उन दिनों बड़ी खूबसूरत और सरलहृदय लड़कीथी—जबकि वास्तविकता यह थी कि वह इन तीनों में से कुछ भी नहीं थी। डाक्टर सामने बैठी उस बुढ़िया के पार देख रहा था—मानो वह पैरिस के एक रेस्त्रां में बैठा है और बैरे ने अभी-अभी उसके लिए शराब की बोतल लाकर खोली है।

गिरजे के सामनेवाले भिखारियों को खबर बहुत पहले ही मिल गई थी, और खुशी से उनकी बांछें खिली जा रही थीं। वे जानते थे, किसी गरीब को अगर यों छप्पर फाड़कर धन मिले तो उस जैसा प्रौढ र दानी

दूसरा नहीं होता।

किनो को दुनिया का सबसे बड़ा मोती मिला है। कस्बे के अपने छोटे-छोटे दफ्तरों में मछुओं से मोती खरीदनेवाले व्यापारी बैठे थे। अपनी-अपनी गद्दियों में बैठे-बैठे ये मोतियों के आने की राह देखा करते और जैसे ही कोई मोती आता कि भाव-ताव के लिए वो चिल्लपों, हाथापाई, गाली-गलौज करते कि खुदा की पनाह! और जब अच्छी तरह देख लेते कि मछुआ इससे कम भाव पर किसी भी हालत में तैयार नहीं है तो सौदा कर डालते। लेकिन एक खास कीमत से नीचे उतरने की हिम्मत इन्हें भी नहीं होती थी। क्योंकि कभी-कभी ऐसा भी हो जाता था कि कोई मछुआ बेहद ही हताश हो उठता और झुंझलाकर अपना मोती गिरजाघर को दान दे देता। और जब सौदा पट जाता तो ये व्यापारी अकेले में बैठे अपनी चंचल उंगलियों से मोतियों को उलटते-पलटते हुए मनाया करते—काश, ये मोती उनके अपने होते! वास्तव में खरीदार कई नहीं, एक ही था और होड़ का आडम्बर बनाए रखने के लिए वह अलग-अलग दफ्तरों में इन सब दलालों को बैठाए रखता था। इस मोती की खबर पाते ही इनकी पलकें जल्दी-जल्दी झपकने लगीं, उंगलियों की पोरों में चुनचुनाहट होने लगी और हरएक सोचने लगा कि मालिक अमर होकर तो आया नहीं है। आखिर कभी न कभी तो मरेगा, तब कोई दूसरा उसकी जगह ले लेगा। हरएक के मन में यही बात आई कि क्यों न वह खुद ही थोड़ी-बहुत पूंजी लगाकर अपना कारबार शुरू कर दे?

जिनके पास कुछ भी बेचने को था या जिनका ज़रा भी किनो से स्वार्थ सधता था, उन सभी लोगों की दिलचस्पी अब किनो में बढ़ गई थी। मानो मोती के मूल तत्त्व से मनुष्य का मूल तत्त्व एकाकार हो गया था, और इसके अतिरिक्त जो भी कुछ था वह सब गाढ़ी

कालिमा के सागर में डूबता चला जा रहा था। अचानक हर कोई किनो के मोती से सम्बन्धित हो उठा था, और किनो का मोती था कि हरएक के सपनों में, आशाओं में, योजनाओं और कार्यक्रमों में, इच्छाओं और ज़रूरतों में, तृष्णाओं में और भूखों में भीतर तक समा गया था—और उन सबका रास्ता रोके खड़ा था किनो नाम का एक आदमी ! यही कारण था कि किनो कुछ अजीब तरीके से एक-साथ सबका दुश्मन बन बैठा था। यह खबर मानो कस्बे के अन्तर्तम में छिपी किसी अतल कालिमा और कुटिलता को मथकर ऊपर ले आई थी। भाप बन-बनकर घुलती हुई यह कालिमा मानो एक विषैला बिच्छू हो, खाने की गंध से जागी हुई दुर्दान्त भूख हो, प्यार से वंचित होने पर मन को पीसना असहाय अकेलापन हो। कस्बे की ज़हर-कुप्पियां अब जहर उगलने लगी थीं और उस ज़हर के दबाव से सारा कस्बा फूलकर फुफकार करने लगा हो।

लेकिन किनो और जुआना इस सबसे एकदम बेखबर थे। जैसे वे उल्लास और उत्तेजना से पागल थे उसी तरह सोचते थे कि सारी दुनिया उनकी खुशी से खुश है। जुआन टामस और अपोलोनियां भी खुश थे और वे क्या दुनिया नहीं थे ? सांझ को जिस समय सूरज सरहद पारवाले पहाड़ों को लांघकर दूसरी तरफ के सागर में डबने चला गया था, उस समय किनो अपनी झोंपड़ी में पत्नी के पास आलथी-पालथी मारकर बैठा था। झोंपड़ी पड़ौसियों से भरी थी। किनो ने मोती हाथ में ले रखा था और मानो उसके हाथ में वह गर्म और सजीव हो उठा था। मोती का गीत परिवार के गीत में कुछ इस तरह घुल-मिल गया था कि एक, दूसरी सुन्दरता में चार चांद लगा रहा था। किनो के हाथवाले मोती को देख-देखकर पड़ौस लोग मन ही मन सोच रहे थे कि खुदा जब किसीको देता है तो यों छप्पर फाड़कर देता है।

भाई होने के नाते जुआन टामस किनो के दाहिने बैठा था। वह पूछने लगा—"अब तो तू पैसेवाला हो गया है। अब क्या-क्या कर डालने का इरादा है तेरा?"

किनो मोती की तरफ टकटकी लगाए देख रहा था। जुआना ने पलकें नीची कर ली और ओढ़नी फैलाकर चेहरा ढक लिया—कहीं लोग उसकी खुशी को न ताड़ लें। और किनो के सामने मोती की जगर-मगर में वे सारी चीज़ें एक-एक करके साकार होने लगीं जो अक्सर उसके मन में आया करती थीं, लेकिन जिन्हें असम्भव मानकर उनके बारे में सोचना उसने छोड़ दिया था। मोती में उसने देखा—जुआना, कोयोतितो और वह स्वयं एक ऊंची-सी वेदी के सामने झुके खड़े हैं। उनका विवाह हो रहा है। अब वे दक्षिणा दे सकने की हालत में हैं न! उसने धीरे से कहा—"हम लोग गिरजा में जाकर शादी करेंगे।"

मोती के पटल पर ही उसे दिखाई दिया कि वे कैसे कपड़े पहने हैं, नई-निकोर खड़-खड़ करती ओढ़नी है, नया लहंगा है और लहंगे के नीचे से दीखते हैं जुआना के नये-नये जूते। पूरी की पूरी तस्वीर मोती में से ही उजली-उजली झांक रही थी। सिर पर चटाई का बना नहीं, नम्दे का नया बढ़िया टोप है और उसके पैरों में बाकायदा जूते हैं—ये भोंड़े बेडौल चप्पल नहीं, फीते से बांधनेवाले जूते! कोयोतितो, उसका इकलौता कोयोतितो अमेरिका के बने खलासियों के सूट में है और मल्लाहोंवाली टोपी लगाए है। एक बार सैलानियों की एक नाव खाड़ी में आकर रुकी थी, तब किनो ने वैसी टोपी देखी थी। उस तेजोज्ज्वल मोती में किनो ने यह सब देखा और बोल उठा-—"हम लोग नये-नये कपड़े खरीदेंगे।"

और मोती का गीत ढोल-नगाड़ों का सम्मिलित राग बनकर उसके कानों में गूंजने लगा।

और तब मोती की उस प्यारी-प्यारी भूरी सतह पर वे छोटी-छोटी चीज़ें उभरने लगीं जिनकी किनो को ज़रूरत थी। पिछले साल मछली मारने की बर्छी खो गई थी, उसकी जगह नई शिकारी बर्छी, लोहे के फल और पीछे डण्डे में कड़ा लगी नई बर्छी! बहुत ही डरते-हिचकिचाते हुए से उसके मन में आया, एक बंदूक भी! हां, हां, क्यों नहीं? अब तो पैसे की कोई कमी नहीं रही, फिर बंदूक क्यों नहीं? और किनो को मोती के भीतर एक दूसरा किनो खड़ा दिखाई दिया—हाथ में विचेस्टर बंदूक लिए दूसरा किनो खड़ा था! जन्म-जन्मान्तर का स्वप्न और चरमसुख का क्षण होगा किनो के लिए वह। उसके झिझकते-से होंठ फड़के और शब्द निकले—"एक बंदूक! हो सकेगा तो एक बंदूक भी लूंगा ...।"

बंदूक एक ऐसी चीज़ थी जिसने मन की रही-सही रुकावटें भी तोड़ डालीं! वह ...वह बंदूक रखने की बात सोच सकता है! अब तो उसे लगा कि सारा दिगन्त यहां से वहां तक फट गया है और वह उसमें दौड़ पड़ा है। कहते हैं, आदमी की तृष्णा कभी नहीं मरती। आदमी को एक चीज़ दो तो वह दूसरी की चाहना करने लगेगा। बात निन्दा के रूप में कही जाती है, लेकिन यही तो मानव का सर्वोपरि मानसिक गुण है और उसे जानवरों से ऊंचा उठा देता है। जानवरों का क्या है, जो कुछ मिल गया, बस उसी में खुश हैं।

झोंपड़ी में ठसाठस भरे और मौन पड़ौसी लोग किनो की इन ऊल-जलूल कल्पनाओं पर सिर हिला रहे थे। पीछे कहीं कोई बुद-बुदाया—"बन्दूक! अरे, वो बंदूक लेगा!"

लेकिन किनो के भीतर तो मोती का संगीत विजयोन्मत्त और तीखे स्वर में झनझना रहा था। जुआना ने मुंह उठाकर किनो की तरफ देखा। उसकी हिम्मत और कल्पना-शक्ति पर उसकी आंखें फटी रह गईं। दिगन्तों को उसने जूते की नोंक पर उड़ा दिया था और नस-नस

में शक्ति की बिजलियां दौड़ रही थीं। उसने मोती में देखा, कोयोतितो स्कूल में चौकी पर बैठा पढ़ रहा है, ठीक उसी तरह, जैसा उसने एक बार खुले दरवाज़े से बच्चों को पढ़ते देखा था। कोयोतितो ने जाकट पहन रखी है, सफेद कालर लगा रखा है और उसपर चौड़ी-चौड़ी रेशमी टाई डाटे है। बड़े से कागज़ पर कोयोतितो कुछ लिख रहा है और तैश में किनो ने पड़ौसियों की दिशा में देखकर कहा—"मेरा किनो पढ़ने के लिए पाठशाला जाएगा।" सुनकर पड़ौसियों को जैसे सांप सूंघ गया। सहसा जुआना की सांस रुक गई। किनो को देख-देखकर उसकी आंखें चमक रही थीं। झट उसकी निगाह गोदी में लेटे कोयोतितो के चेहरे की ओर उठ गई–'हाय, सचमुच कभी ऐसा होगा!'

लेकिन किनो के चेहरे पर भविष्य की परछाइयां नाच उठी थीं—'मुन्ना पढ़ेगा, बड़ी-बड़ी किताबें पलटेगा। मुन्ना लिखना सीखेगा और लिखा करेगा। मुन्ना हिसाब सीखेगा। आर इसका यह सारा ज्ञान हमें जहालत से छुड़ाएगा, स्वतन्त्र करेगा। क्योंकि तब तो इसे सारी बातों की जानकारी हो जाएगी न। यह जानेगा तो इससे हम सब जानेंगे।' और किनो ने मोती में देखा कि झोंपड़ी में वह और जुआना चूल्हे के पास आलथी-पालथी मारे बैठे हैं, कोयोतितो पास बैठा-बैठा एक किताब, बड़ी-सी किताब पढ़ रहा है। किनो बोला—"यह सब इस मोती की बदौलत होगा।" सारी ज़िन्दगी में उसने कभी इतने सारे शब्द एकसाथ नहीं बोले थे। सहसा अपनी बातों से वह खुद ही सहम उठा। उसकी मुट्ठी खदब-खुद बंद हो गई और मोती का जगमगाना बंद हो गया। जैसे बिना कुछ समझे-बुझे 'मैं यह करूंगा' कहनेवाला व्यक्ति अपनी ही बात से भयभीत हो जाता है, ठीक उसी तरह किनो भी भयभीत हो उठा।

पड़ौसी जानते थे कि उनकी आंखों के आगे एक महान चमत्कार

घटित हो रहा है। उन्हें यह भी पता था कि अब समय का हिसाब किनो के मोती से लगाया जाया करेगा और अगले अनेक वर्ष वे इस क्षण का ज़िक्र किया करेंगे, इसपर बहसें किया करेंगे। अगर ये सारी बातें सच हो गईं तो लोग याद किया करेंगे कि किनो ने उस समय क्या-क्या बातें कही थीं, किस तरह उसकी आंखें चमक रही थीं। लोग कहा करेंगे—'उस आदमी का तो जैसे कायापलट ही हो गया। जैसे उसे कोई शक्ति मिल गई थी। बस, तभी से सारा रंग बदलने लगा। अरे, उस क्षण के बाद ही से तो वह इतना बड़ा आदमी हो गया। मैंने खुद अपनी आखों से देखा।'

और अगर किनो की सारी योजनाएं शेखचिल्ली की बकवास साबित हुईं तो वही पड़ौसी कहेंगे—'बस, तभी से रंग बदलने लगा। वह तो जैसे एकदम पगला उठा और अजीब बहकी-बहकी बातें करने लगा। भगवान बचाए ऐसी मुसीबत से! हां, हां, भगवान ने किनो को इसीलिए सज़ा दी कि वह उसके बनाए नियमों के खिलाफ हो गया था। आज उस बेचारे की क्या हालत हो गई। उसकी अकल पर कैसे पत्थर पड़ गए थे, मैंने खुद अपनी आंखों से देखा।'

किनो निगाहें झुकाए अपनी बंद मुट्ठी और उंगलियों के घायल गट्टों को देख रहा था। जहां उसने उन्हें फाटक पर मारा था वहां उसकी खाल छिलकर सख्त और खुरदरी हो गई थी।

अब सांझ का धुंधलका घिरता चला आ रहा था। जुआना ने बच्चे के नीचे से ओढ़नी लेकर इस तरह गांठ लगा ली कि वह उसके कूल्हे के पास झूलने लगा। फिर चूल्हे के पास जाकर राख से एक कोयला कुरेदा, फूस के थोड़े से तिनके डाले और फूंका तो आग की एक लपट निकलने लगी। नाचती लपट की परछाईं पड़ौसियों के चेहरों पर पड़ रही थी। उन्हें भी लगा कि अब अपने-अपने घर जाकर खाना

खाने की बेला हो गई है, लेकिन वहां से उठकर जाने को किसीका भी मन नहीं कर रहा था।

अंधेरा पूरी तरह गहरा पाया था, और जुआना की आग झोंपड़ी की दीवारों पर परछाइयां फेंक रही थी, तभी एक मुंह से दूसरे मुंह होती हुई फुसफुसाहट फैल गई—"फादर आ रहे हैं। पुजारी जी आ रहे हैं।" पुरुषों ने सिरों के कपड़े उतार लिए और दरवाज़े से दो कदम पीछे हटकर खड़ हो गए। औरतों ने ओढ़नियां संभालकर घूंघट ठीक किए और नज़रें नीची कर लीं। किनो और उसका भाई जुआन टामस स्वागत में उठ खड़े हुए। पुजारी जी ने अन्दर प्रवेश किया—सफेद बाल,पकी उम्र,पुरानी झुर्रियोंदार खाल, लेकिन तेज़-तीखी जवान आंखें। बच्चे हैं। वह इन सबको बच्चा समझता था और उनके साथ वैसा ही व्यवहार करता था।

"किनो!" पुजारी जी ने मुलायम स्वर में कहा—"तेरा नाम तो बहुत बड़े आदमी के नाम पर है। जानता है, एक बहुत बड़े धार्मिक संत का नाम किनो था।" उन्होंने बात ऐसे ढंग से कही मानो आशीर्वाद दे रहे हों—"तुझे नहीं पता, तेरे नाम-राशि ने रेगिस्तान झुका दिए थे और तेरी जाति के लोगों के मन में प्यार की नदियां बहाई थीं। मैं मन से नहीं कह रहा, सब शास्त्र में लिखा है।"

"किनो की निगाह झट जुबाना के कूल्हे पर झूलते कोयोतितो के सिर की ओर चली गई। उसका मन बोला—'एक दिन मुन्ना जानेगा कि किताब में क्या लिखा है, क्या नहीं लिखा।' संगीत किनो के मन से उड़ गया था लेकिन अब बड़े महीन-और मध्यम सुर में सुबहवाला कुटिल-संगीत और शत्रु-गीत की रागिनी गूंजती सुनाई दे रही थी—इस समय बहत ही धीमी और निर्बल। किसके कारण यह संगीत उसके मन में आया ? जानने के लिए उसने अपने पड़ौसियों की ओर देखा।

लेकिन पुजारी जी फिर बता रहे थे—"मैंने सुना, तुझे बड़ा माल मिला है। कोई बहुत बड़ा मोती तूने पाया है।"

किनो ने मुट्ठी खोलकर हाथ आगे बढ़ा दिया। मोती की सुन्दरता और आकार देखकर पुजारी जी का मुंह खुला रह गया। और तब वे बोले—"बेटा, जिसने तुझे यह खज़ाना दिया है उसे शुक्रिया देना मत भूल जाना। मनाना कि आगे भी वह तुझे नेक रास्ते पर लगाए रखे।"

किनो ने गूंगे की तरह सिर हिला दिया। जुआना ही मुलायम लहजे में बोली—"हां फादर, हम ज़रूर उसका शुक्रिया अदा करेंगे। और अब हम लोग जाकर शादी करेंगे। किनो कह रहा था।" और अनुमोदन के लिए उसने पड़ौसियों की तरफ देखा तो सबने संजीदगी से सिर हिलाए।

पुजारी जी कहने लगे—"कैसी खुशी की बात है कि तुम लोगों के मन में शुरू से हीनेक विचार हैं! बेटा, भगवान तुम्हें सुखी रखें।" कहकर वे मुड़े और चुपचाप चले गए। लोगों ने उनके जाने के लिए जगह छोड़ दी।

लेकिन किनो की मोतीवाली मुट्ठी और भी कस उठी। वह बड़े संदिग्ध ढंग से उधर ही देख रहा था और इस समय मोती के गीत के मुकाबले पाप का गीत अधिक तीखे स्वर से कानों में झनझना रहा था।

पड़ौसी एक-एक करके अपने-अपने घरों को सरक गए। जुआना चूल्हे के पास ही बैठ गई। उबली मटरों की हांडी उसने हल्की आंच पर चढ़ा दी। किनो देहली पर निकलकर बाहर देखने लगा। हमेशा की तरह घर-घर के चूल्हों का धुआं गंधा रहा था और तारे धुंधले-धुंधले टिमटिमाने लगे थे। रात की हवा की सीलन शरीर पर महसूस होती थी। किनो ने उससे बचने के लिए कम्बल से अपनी नाक ढक ली। वही

मरियल कुत्ता फिर उसके पास आ गया और लाड़ में आकर आंधी में फड़फड़ाते झंडे की तरह अपने शरीर को किनो से दे-देकर मारने लगा। किनो ने नीचे उसकी ओर देखा—लेकिन वास्तव में उसे देख नहीं रहा था। दिगन्तों को फाड़कर वह अब जिस दुनिया में निकल आया था वह निहायत सर्द और सुनसान थी। उसे लग रहा था मानो वह एकदम अकेला और अरक्षित है। झन्-झन् करते झींगुर और चीं-चीं करते पेड़ों के मेंढक या टर्र-टर्र करते नालियों के मेंढक वही कुटिल रागिनी अलाप रहे थे। किनो सिहर उठा और नाक पर अपना कम्बल उसने और कसकर लपेट लिया। कसी मुट्ठी में बंद मोती अभी भी उसके पास था और उसकी गर्मी और चिकनाई हथेली की खाल पर महसूस हो रही थी।

पीछे, जुआना का, मिट्टी के तवे पर डालने से पहले रोटियों को थप-थप करना सुनाई देता था। किनो को अपने पीछे परिवार के कल्याण और प्यार की एकसाथ अनुभूति हो रही थी, और परिवार-गीत पालतू बिल्लीकी गुर्र-गुर्र की तरह पीछे से आ रहा था। लेकिन अब भविष्य क्या होने जा रहा है इस बात को मुंह से कहकर उसने उसे एक आकार दे दिया था। कोई भी योजना एक वास्तविकता होती है, और उस योजना को प्रस्तुत करना उसे अनुभव करना भी होता है। किसी योजना को बनाना और उसे अपनी आंखों के सामने साकार देंखना, अन्य वास्तविकताओं जैसी ही वास्तविकता है। वह खत्म कभी नहीं होती। हां, उसपर लोगों की बुरी नज़र ज़रूर लग जाती है। और चारों तरफ से हमले होने लगते हैं। इस प्रकार किनो का भविष्य भी अब एक वास्तविकता थी और उसे वास्तविक रूप में स्थापित होने के साथ ही, दूसरी शक्तियों का उसके नाश के लिए जुट पड़ना भी एक सचाई थी। किनो इस बात को समझता था और

अब उसे हमलों का सामना करने के लिए अपने को तैयार करना था। किनो को यह भी मालूम था कि देवता लोग आदमी की योजनाएं पसन्द नहीं करते, और उन्हें आदमी की सफलताएं भी प्यारी नहीं होतीं। हां, संयोग से ही आदमी सफल हो जाए, यह बात दूसरी है। नतीजे के तौर पर किनो हमेशा योजनाएं बनाते डरता था, लेकिन अब योजना बन ही गई थी तो उसे नष्ट कर सकना भी उसके हाथ में नहीं था। हमले का सामना करने के लिए, दुनिया के खिलाफ खड़े हो सकने के लिए अपने मन को तैयार करने लगा—अब तो जो भी हो सो हो जाए। खतरा खुद उसके सामने आ खड़ा हो, इससे पहले ही उसकी आंखें और दिमाग उसे ढूंढ़ निकालना चाहते थे। दरवाज़े में खड़े-खड़े उसने देखा, दो आदमी उसी ओर चले आ रहे हैं। उनमें से एक लालटेन लटकाए हुए था जिसकी रोशनी ज़मीन और उन दोनों व्यक्तियों की टांगों पर हिल रही थी। वे लोग घूमकर किनो की फूस की बाड़ के दरवाज़े से अन्दर आ गए। किनो ने देखा—एक व्यक्ति था डाक्टर और दूसरा उसका नौकर, जिसने सुबह फाटक खोला था। जैसे उसने उन दोनों को पहचाना, उसकी दाहिने हाथ की उंगलियों के गट्टे दर्द से जलने लगे।

डाक्टर कहने लगा—"जब तुम पाए थे तो मैं घर पर नहीं था। लेकिन अब सबसे पहले मैं तुम्हारे बच्चे को देखने ही चला आ रहा हूं।"

किनो पूरा का पूरा दरवाज़ा घेरे खड़ा था, और उसकी आंखों की गहराई में नफरत और गुस्सा लहक रहे थे। साथ ही था एक भय। सैकड़ों सालों की गुलामी भी तो उसके भीतर गहरी उतरकर उसका संस्कार बन गई थी।

उसने बेरुखी से कहा—"बच्चा तो अब ठीक-सा ही हो गया है।"

डाक्टर के चेहरे पर मुस्कान आ गई, लेकिन छोटे-छोटे कीचड़दार पपोटों में झूलती आंखों में कहीं मुस्कान का पता नहीं था।

कहने लगा—"लेकिन दोस्त, बिच्छू-काटे का असर कभी-कभी बड़ा अजब होता है। ऊपर से लगता है कि हालत सुधर रही है, लेकिन तब अचानक ही...फक्... ।" उसने होंठ भींचकर हवा छोड़ी, जिसका मतलब था कि कैसे देखते-देखते मामला खत्म होता है। इसके बाद उसने अपना छोटा-सा डाक्टरी थैला इस तरह एक तरफ से दूसरी तरफ किया कि लालटेन की रोशनी उसपर पड़ने लगी। इतना तो वह भी अच्छी तरह जानता था कि किनो की जाति को सभी तरह के औज़ारों से प्यार होता है और उनपर उनका सहज विश्वास होता है। डाक्टर अपनी शहद-ज़बान से बता रहा था—"कभी पांव गल जाता है, कभी आंख जाती रहती है, या कमर ही झुकी रह जाती है। दोस्त, बिच्छू काटने के असर को तो मैं समझता हूं और उसका इलाज भी सिर्फ मुझे पता है।"

किनो को लगा जैसे उसके मन की नफरत और गुस्सा, एक भय में बदलते चले जा रहे हैं। नहीं, हो सकता है डाक्टर ही बात को ज़्यादा समझता हो। अपनी असंदिग्ध मूर्खता को, इस आदमी के संभव ज्ञान के मुकाबले तरजीह देकर खतरा क्यों मोल लिया जाए? और अब किनो जाल में फंस गया था —जैसे उसकी जाति के लोग हमेशा से फंसते रहे हैं और फंसते रहेंगे। जैसा कि खुद उसने कहा था, उस वक्त तक फंसते रहेंगे जब तक कि सारी बातों को खुद नहीं जान लेंगे कि जो बातें शास्त्रों और किताबों में बताई जाती हैं वे सचमुच वहां हैं भी या नहीं। नहीं, वह एक ज़िन्दगी के साथ, वह भी अपने कोयोतितो की ज़िन्दगी के साथ खिलवाड़ नहीं करेगा। वह डाक्टर और उसके नौकर को झोंपड़ी में आने देने के लिए एक तरफ को हट गया।

ज़ुआना चूल्हे से उठ खड़ी हुई और जैसे ही डाक्टर ने प्रवेश किया कि उसने पीछे सरककर बच्चे के मुंह को ओढ़नी के सिरे से ढांप दिया। डाक्टर ने उसके पास आकर बच्चा लेने के लिए हाथ बढ़ाया तो ज़ुआना ने उसे कसकर छाती से चिपका लिया और किनो की ओर निगाहें उठाकर याचना से देखने लगी। उसके चेहरे पर आग की परछाइयां उछल-कूद रही थीं।

किनो ने जब सिर हिलाकर इशारा कर दिया तब कहीं जाकर उसने डाक्टर को बच्चा लेने दिया।

"रोशनी उठाओ।" डाक्टर ने कहा तो नौकर ने लालटेन ऊपर उठा दी। डाक्टर ने क्षणभर बच्चे के कन्धे के घाव को देखा और थोड़ी देर के लिए वह सुस्त और संजीदा हो गया। फिर बच्चे की पलकें उलटकर पुतलियों को गौर से देखा और कुछ समझने के भाव से सिर हिलाया। कोयोतितो उससे चिपका छटपट करता रहा।

"वही हो गया न!" डाक्टर बोला—"जहर भीतर समा गया है और जल्दी ही गुल खिलाएगा। देखो, तुम खुद देख लो।" कहकर उसने बच्चे की पलकें खींचते हुए बताया—"देखो, ये नीली पड़ गई हैं।" और देखकर किनो परेशान हो उठा कि सचमुच वे नीली ही थीं। यह उसे ख्याल नहीं किये हमेशा ही नीली रहती थीं या अभी ऐसी हैं। लेकिन जाल तो अब बिछ ही गया था :किनो खतरा मोल नहीं लेगा।

डाक्टर की आंखों के पपोटे पानी से गिलगिले हो पाए। "ज़हर मारने की दवा दिए देता हूं।" कहकर किनो की गोद में बच्चा दे दिया।

फिर अपने थैले से सफेद बुकनी-भरी बोतल और सरेस की बनी छोटी-सी कैप्सूल निकाली। कैप्सूल में बुकनी भरकर उसे बन्द कर दिया, फिर पहली डिबिया में रखकर बड़ी जल्दी-जल्दी और

कुशलता से हिलाया। बच्चे को गोद में लेकर, उसके निचले होंठ को इस तरह चुटकी से भींचा कि बच्चे का मुंह खुल गया। अब अपनी मोटी-मोटी उंगलियों से कैप्सूल को बच्चे के हलक में इतने भीतर रख दिया कि थूक न सके। फिर फर्श से ताड़ी की हंडिया उठाकर कोयोतितो के मुंह में एक घूंट उंडेला कि कैप्सूल भीतरचली गई। इसके बाद उसने फिर बच्चे की पुतलियां देखीं और होंठ भींचकर कुछ सोचने का भाव दिखाता रहा।

आखिर उसने बच्चा जुआना की गोद में पकड़ा दिया और किनो से बोला—"मेरा खयाल है कि ज़हर घण्टे-भर में ज़ोर करेगा। हो सकता है, मेरी दवाई बच्चे की आफत टाल दे। लेकिन मैं एक घण्टे में फिर वापस आऊंगा। यों समझ लो कि गनीमत है, इसकी जान बचाने मैं मौके पर आ गया... वर्ना...।" उसने गहरी सांस ली और झोंपड़ी से बाहर निकल आया। लालटेन उठाए उसका नौकर पीछे-पीछे था।

बच्चा अब जुआना की गोदी में उसकी ओढ़नी से ढका था और वह चिन्ता तथा भय से टकटकी लगाए उसे निहार रही थी। पलकें उठाकर देखने के लिए जैसे ही किनो ने हाथ बढ़ाया कि देखा, मोती अभी भी उसकी मुट्ठी में ही है। तब वह दीवार के पास रखे एक बक्से के पास गया और वहां से कम्बल का एक टुकड़ा निकालकर मोती को उसमें लपेटा, फिर झोंपड़ी के एक कोने में जाकर उंगलियों से मिट्टी में एक छोटा-सा गढ़ा बनाया, उसमें मोती को रखा और ऊपर से रेत-मिट्टा डालकर जगह छिपा दी। इतना करके वह चूल्हे के पास आ गया। यहां जुआना बैठी-बैठी बच्चे का मुंह जोह रही थी।

घर वापस आकर डाक्टर कुर्सी पर जम गया। आंखें घड़ी पर लगी थीं। घरवालों ने रात के खाने के लिए चाकलेट, पुए और फल लाकर

सामने रखे और वह बड़ा झल्लाया-सा उन्हें घूरता रहा।

पड़ौसियों के घरों में आनेवाले लम्बे समय के लिए बातचीत का जो विषय निर्धारित हो गया था, उसका रुख पहली बार इस ओर मुड़ा कि अब देखें, आगे क्या गुल खिलनेवाला है ! वे एक-दूसरे को अंगूठा दिखा-दिखाकर बताते कि मोती इतना बड़ा है और प्यार से छाती लगा लेने का भाव दिखाकर जताते कि इतना प्यारा है। अब वे जुआना और किनो की गतिविधि पर कड़ी निगाह रखेंगे कि धन पाकर जैसे और सब बौरा जाते हैं, उसी तरह इनका दिमाग भी फिरता है या नहीं। डाक्टर क्यों आया है, यह सब जानते थे। आंखों में धूल झोंकने की कला में डाक्टर बहुत माहिर नहीं था, इसलिए किसीसे उसकी असलियत छिपी नहीं थी।

बाहर खाड़ी में छोटी-छोटी मछलियों के एक दल को, बड़ी मछलियों का गुट खा डालने के इरादे से खदेड़े जा रहा था। छोटी मछलियों का दल जान बचाने के लिए लहरों को चीरता हुआ,झिलमिल, झिल-मिल करता भागा जा रहा था।और उधर जब यह हत्याकाण्ड चल रहा था तो छोटी-छोटी मछलियों की सरसराहट और बड़ी मछलियों के ज़ोरदार छपाके झोंपड़ी में बैठे लोगों को भी सुनाई दे रहे थे। खाड़ी की सतह से सीलन उठकर छोटी-छोटी खारी बूंदों के रूप में झाड़ियों, नागफनी और पौधों पर जमा हो रही थी। रातवाले चूहे धरती पर इधर-उधर रेंग रहे थे और रात के बाज़ बेआवाज़ उनका शिकार कर लेते थे।

भवों की जगह लपट जैसे सुनहरे धब्बेवाला काला, मरियल कुत्ता किनो के घर के दरवाज़े पर आकर अन्दर झांकने लगा था। कुत्ता घर के अन्दर आने की हिम्मत तो नहीं कर रहा था लेकिन वहीं खड़ा-खड़ा बड़े ही ललचाए भाव से किनो को छोटी-सी चीनी की रकाबी में मटरें खाते देखता रहा। किनो ने मकई की रोटी से रकाबी पोंछकर साफ कर दी और

रोटी का निवाला मुंह में रख लिया। ताड़ी के एक घूंट से मुंह का रहा-सहा कौर भी पेट में उतर गया।

खाना खाकर किनो पत्तियां लपेटकर बीड़ी बना ही रहा था कि जुआना ने तेज़ी से पुकारा—"किनो !" किनो ने उसकी तरफ देखा तो उठकर झटपट उधर लपका। उसे जुआना की आंखें भयभीत दिखाई दी थीं। वह उसके ऊपर झुका-झुका देखने लगा, लेकिन रोशनी बड़ी धुंधली थी। पांव से झटककर उसने टहनियों का ढेर चूल्हे में सरका दिया। भकभका कर आग जल उठी तो उसे कोयोतितो का चेहरा साफ दीखने लगा। बच्चे का चेहरा एकदम लाल पड़ गया था, गला चल रहाथा और होंठों के किनारे पर ज़रा-सी गाढ़ी-गाढ़ी लार निकल आई थी। पेट की पेशियों में ऐंठन शुरू हो गई थी और बच्चे की हालत बहुत बिगड़ गई थी।

किनो पत्नी के बगल में झुककर बोला—"अच्छा तो डाक्टर जानता था।" मानो वह अपने-आपको और जुआना को सुनाकर बोला था। मन उसका बहुत कठोर और शक्की हो उठा था और उसे वह सफेद-सफेद बुकनी याद आ रही थी। जुआना कभी इधर और कभी उधर करवटें बदल रही थी और परिवार का गीत कराह बनकर उसके मुंह से इस तरह निकल रहा था मानो वही आनेवाले खतरे को टाल देगा। बच्चा उसकी बांहों में उलटियां करता और छटपटाता रहा। अब किनो के मन में भी बड़ी खींच-तान मची थी और पाप का गीत उसके सिर में इस तरह धड़-धड़ कर रहा था कि उसने जुआना के गीत को लगभग खदेड़ भगाया था।

चाकलेट खत्म करके डाक्टर पुए के बचे-खुचे टुकड़ों को कुतरता रहा। फिर उसने रूमाल से उंगलियां पोंछी और घड़ी देखकर उठ खड़ा हुआ। अपना छोटावाला थैला हाथ में उठा लिया।

बच्चे की बीमारी की खबर आनन-फानन में सारी झोंपड़ियों में

फैल गई। गरीबों के दो ही तो दुश्मन हैं और उनमें बीमारी का नम्बर भूख के बाद ही आता है। किसीने आहिस्ता से कहा—"अरे, भाग्य अपने साथ-साथ दुख-दर्द भी लाता है।" सबने स्वीकृति में सिर हिलाया, और किनो की झोंपड़ी में चलने के लिए उठ खड़े हुए। अपनी-अपनी नाक ढांप सारे पड़ौसीअंधेरे में गिरते-पड़ते फिर किनो की झोंपड़ी पर आकर जमा हो गए। खड़े-खड़े बीमार बच्चे को देखते रहे और एक-दो वाक्यों में इस दुख को भीकोसते रहे कि इसे भी खुशी के इसी मौके पर आना था। फिर बोले—"जो भगवान चाहता है वही होता है। मारना-जिलाना उसीके हाथ है।" बूढ़ी औरतें जुआना के पास ही धरती पर बैठ गईं कि जो भी बन पड़े सहायता देने की कोशिश करें, और कुछ न हो सके तो दिलासा ही दें।

तभी जल्दी-जल्दी कदम रखता हुआ डाक्टर फिर आ धमका। उसका नौकर भी पीछे-पीछे लगा था। उसने इन बुढ़ियों को मुर्गियों की तरह तितर-बितर कर दिया। बच्चे को लेकर उसकी नब्ज़ देखी, सिर छुपा। बोला—"ज़हर अपना रंग दिखा रहा है। लेकिन मेरा खयाल है, मैं इसे पछाड़ दूंगा। उठा तो कुछ भी नहीं रक्खूंगा।" फिर उसने पानी मंगाकर उसमें नौसादार की तीन बूंदें छोड़ीं और बच्चे का मुंह खोलकर पानी गले में उंडेल दिया। इस सारे उपचार के बीच बच्चा गले से घरघराहट की आवाज़ें निकालता और चीखता-चिल्लाता रहा, और आंखों में खौफ की परछाइयां लिए जुआना उसे लाचार-सी ताकती रही। व्यस्तता के बीच-बीच में डाक्टर ने एकाध बात कही—"खैरियत है कि मैं बिच्छू-काटे के बारे में जानता हूं, वर्ना.." वर्ना जो कुछ होता, उसे बताने के लिए उसने अपने दोनों कन्धे झटक दिए।

लेकिन किनो के दिमाग में संदेह कुलबुला रहा था और वह डाक्टर के खुले थैले और खास तौर से उसमें रखी सफेद बुकनी से

अपनी निगाहें नहीं हटा पा रहा था। धीरे-धीरे ऐंठन कम होती गई और बच्चा डाक्टर के हाथों में आराम से लेटा रहा। और तब कहीं कोयोतितो ने गहरी सांस ली और फिर सो गया। उलटियां करके बहुत बेदम भी तो हो गया था।

डाक्टर ने बच्चा जुआना की गोद में दे दिया और कहा—"अब यह ठीक हो जाएगा। मैंने बाज़ी मार ली है।" जुआना ने आंखों में श्रद्धा भरकर डाक्टर को देखा।

डाक्टर अपना थैला बन्द करता रहा। बोला—"क्यों, मेरी फीस कब तक दे दोगे?"

किनो ने जवाब दिया-—"मोती बिकते ही आपकी फीस हाज़िर कर दूंगा।"

"कोई मोती है क्या तुम्हारे पास? कोई खास मोती है क्या?" दिलचस्पी से डाक्टर ने सवाल किया।

अब तो सारे के सारे पड़ौसी एक स्वर से अलाप उठे—"इसे दुनिया का सबसे बड़ा मोती मिला है।" सब एकसाथ ही चिल्ला-चिल्लाकर बताने लगे और मोती कितना बड़ा है यह दिखाने के लिए अंगूठे और उंगली को जोड़कर दिखाने लगे।

"अब तो किनो रईस हो जाएगा।" सबने एक स्वर से चिल्लाकर कहा—"ऐसा मोती आज तक कभी किसीको आंखों देखना नसीब नहीं हुआ।"

डाक्टर के चेहरे पर विस्मय उतर आया—"मुझे तो उसके बारे में कुछ भी नहीं पता। मोती को हिफाज़त की जगह तो रखते हो न? न हो तो मेरी तिजोरी में रख दो।" किनो के गाल अरुचि और झल्लाहट से खिंच गए और आंखें उनके पींछे जा छिपीं। उसने जवाब दिया—"मेरे पास बड़ी हिफाज़त से रखा है। कल बेचकर आपकी फीस दे दूंगा।"

डाक्टर ने कंधे उचकाए, लेकिन उसकी गिलगिली आंखें पलभर को भी किनो की आंखों से नहीं हटीं। उसे मालूम था कि मोती इसी झोंपड़ी में कहीं गड़ा है। और उसका खयाल था कि शायद किनो उस ओर देखेगा। "बेचने से पहले ही कहीं मोती चोरी-वोरी हो गया तो सारा गुड़-गोबर हो जाएगा।" डाक्टर के यह कहते ही किनो की निगाहें अपने-आप झोंपड़ी के फर्श की ओर उठ गईं और डाक्टर से वह छिपा न रहा।

डाक्टर चला गया और पड़ोसी बड़े बेमन से अपने-अपने घरों को लौट आए। किनो, चूल्हे से सुलगती हल्की आंच के पास आकर धरती पर ही आलथी-पालथी मारकर बैठ गया, और रात में सुनाई पड़नेवाली तरह-तरह की आवाज़ें सुनने लगा। छोटी-छोटी लहरें समुद्र के किनारे पर हल्के-हल्के थपेड़े मार रही थीं और कहीं दूर कुत्ते भौंक रहे थे। झोंपड़ियों की फूस की छतों से होकर चलती हल्की हवा सन-सन कर रही थी और गांव के घरों से पड़ौसियों के बातें करने की भनभनाहट सुनाई दे जाती थी। ये लोग सारी रात घोड़े बेचकर तो सोते नहीं—बल्कि बीच-बीच में जागते रहते हैं, थोड़ी-बहुत बातें करते हैं और फिर सो जाते हैं। कुछ देर ठहरकर किनो उठकर अपनी झोंपड़ी के दरवाज़े पर आया।

कुटिल संगीत उसके दिमाग में बज रहा था और इससे वह खूंखार और भयभीत हो उठा था। दरवाज़े पर खड़ होकर शीतल हवा की गंध ली और कानों पर ज़ोर देकर सुनने लगा कि बाहरी गुपचुप आहट या खसर-खसर की आवाज़ तो नहीं सुनाई देती। जब खूब चौकन्ने होकर उसने रात का अच्छी तरह जायज़ा ले लिया तो धीरे से छप्पर की थूनी के पास उस जगह आया जहां मोती दबा था। मोती खोदकर बाहर निकाला और सोनेवाली चटाई के

नीचे ज़मीन में दूसरा छोटा-सा गढ़ा खोदकर उसे वहां गाड़ दिया।

ऊपर से चटाई फिर बराबर कर दी।

चूल्हे के पास बैठी-बैठी जुआना जिज्ञासा-भरी दृष्टि से उसे देख रही थी। जब किनो मोती को गाड़ चुका तो उसने पूछा—"किसका डर है तुम्हें?"

किनो ने सही जवाब टटोला और आखिर कहा—"सभीका!"

और उसे लगा, कठोरता एक खोल की तरह उसके चारों ओर लिपट आई है।

कुछ देर बाद दोनों चटाई पर पास-पास पा लेटे। आज जुआना ने बच्चे को पालने में न सुलाकर अपनी छाती से चिपकाकर ही सुला लिया और अपनी ओढ़नी उसके मुंह पर ढक दी। धीरे-धीरे चूल्हे की सिन्दूरी आंच ठण्डी पड़ने लगी।

लेकिन सोते-सोते भी किनो का दिमाग सुलग रहा था। सपने में उसने देखा—कोयोतितो पढ़ने लगा है। ...उसकी जाति का ही एक व्यक्ति अब हर बात की वास्तविकता बता देता है। उसने देखा, कोयोतितो घर के बराबर ऊंची किताब खोलकर पढ़ रहा है, उसके अक्षर कुत्तों जैसे बड़े-बड़े हैं और शब्द किताब पर उछल-कूद मचाए हुए हैं। तब अचानक पृष्ठों पर निविड़ अंधेरा छा गया और उस अंधेरे के साथ ही वह कुटिल संगीत भी सुनाई देने लगा तो किनो नींद में ही कुनमुना उठा। उसकी इस हरकत से जुआना की नींद टूट गई। चारों ओर अन्धकार था। किनो भी जाग पड़ा। दुष्ट संगीत अब भी उसके कानों में बज रहा था। अंधेरे में, चौकन्ना होकर वह चुपचाप जैसा का तैसा लेटा रहा।

तभी झोंपड़ी के कोने की ओर ज़रा-सा खटका हुआ। ऐसा हल्का कि यों ही कोई दिमागी खयाल, या केवल एक संदेहास्पद क्षण भी हो सकता था—लगा जैसे धरती पर किसीने पांव रखा हो, रोकी हुई सांस

की निहायत ही बेमालूम-सी सूं-सूं हो रही हो। आहट लेने के लिए किनो सांस रोके पड़ा रहा। और यह भी जान गया कि उसके घर में जो भी कोई आया है वह भी ग्राहट लने के लिए सांस रोके हुए है। कुछ देर झोंपड़ी के कोने में कोई आहट नहीं हुई। किनो इस सबको दिमाग का फितूर मानने ही जा रहा था कि सहसा जुआना ने जैसे चेताने के लिए हाथ सरकाकर उसे छुआ। तभी फिर आहट हुई। सूखी धरती पर पांव की खस-खस और उंगलियों से मिट्टी खोदने की आवाज़।

और अब एक वहशी डर किनो की छाती में भर उठा। फिर डर के ऊपर गुस्सा चढ़ पाया। उसके साथ हमेशा यही होता था। अब किनो का हाथ चुपचाप सरककर छाती पर डोरी से बंधे चाकू पर आ गया और फिर गुस्से से वह पागल बिल्ली की तरह, कोनेवाली छाया की दिशा में चाकू से वार करता हुआ टूट पड़ा। उसका हाथ किसी कपड़े से छुआ तो उसने ज़ोर से उसपर चाकू चला दिया, लेकिन चूक गया। दुबारा चाकू मारा तो लगा, चाकू कपड़ा फाड़ता हुआ चला गया। पर फिर अचानक उसके सिर पर बिजली टूट पड़ी और दर्द का ज्वालामुखी फूट पड़ा। देहलीज़ पर दबी-दबी भाग-दौड़ हुई, एक क्षण को भागते कदमों की आवाज़ सुनाई दी और फिर सन्नाटा छा गया।

किनो को महसूस हुआ जैसे माथे से गर्म-गर्म खून बह रहा है।' उसने सुना, जुआना उसे पुकार रही है—"किनो, ओ किनो!" जुआना का स्वर भयाक्रान्त था। जिस तरह उसपर गुस्से का भूत सवार हुआ था ठीक उसी तरह देखते-देखते एक ठण्डापन छा गया। बोला—"मैं बिलकुल ठीक हूं। जो पाया था वह चला गया।"

वह वापस रास्ता टटोलता हुआ चटाई पर आ लेटा। जुआना पहले ही आग सुलगाने लगी थी। उसने राख कुरेदकर अंगारा निकाला, उसपर मकई के बाल डालकर फूंक मारी तो भूसे ने आग पकड़ ली और एक

छोटी-सी लौ झोंपड़ी में थिरक उठी। फिर जुआना ने कहीं से खोजकर पूजा का एक मोमबत्ती निकाली, लपट से उसे जलाया और चूल्हे के पत्थर पर जमा दिया। गुन-गुन करते हुए वह जल्दी-जल्दी इधर से उधर काम कर रही थी। अपनी ओढ़नी का कोना पानी में डुबाकर उसने किनो के माथे की खरोंच से निकला खून पोंछ डाला। किनो ने कहा तो सही कि, 'कुछ भी तो नहीं हुआ।' लेकिन उसकी आंखें और आवाज़ कठोर और सर्द हो उठी थीं और एक चिन्ता में घहराती घृणा उसके भीतर लहरा रही थी।

इतनी देर से जो तनाव जुआना के अन्दर उबल रहा था, अब उफनकर सतह पर आ गया और उसके होंठ खिंच पाए। उसने कड़वेपन से ऊंची और रूखी आवाज़ में कहा—"यह चीज़ बड़ी मनहूस है। यह मोती नहीं, साक्षात् पाप है। यह हमारा सत्यानाश कर देगा।" फिर उसकी आवाज़ आवेश से कंपकंपा उठी—"किनो, इसे फेंक दो। या चलो, हम ही इसे पत्थर से चूर-चूर कर डालें, वहीं गाड़कर भूल जाएं। यह अपने साथ कम्बख्ती लाया है।किनो, मेरे मालिक, यह हमारा नाश कर डालेगा।" और चूल्हे की पांच में उसके होंठ और आंखें फड़फड़ा रहे थे।

लेकिन किनो का चेहरा दृढ़ था और उसका मन और संकल्प अडिग थे। वह बोला—"हमें एक मौका मिला है। हमारा बेटा, मुन्ना पाठशाला जाएगा। हम तो कुएं के मेंढक रह ही गए। अब इसके लिए तो बहुत ही ज़रूरी है कि ये दीवारें तोड़कर बाहर निकले।"

"यह हम सबको ले डूबेगा, किनो।" जुआना रोने लगी—"हमारे मुन्ने को भी नहीं छोड़ेगा।"

"चुप!" किनो ने उसे डांट दिया—"बकवास बन्द कर। कल

हम इसे जाकर बेच-बाच देंगे तो सारी मनहूसी चली जाएगी

और शुभ ही शुभ बचा रह जाएगा। बहुरिया, इस वक्त चुप हो जा।" उसने भौंहें चढ़ाकर गुस्से से आग की नन्ही-सी लपट की ओर नज़र उठाई तो पहली बार उसे ध्यान आया कि चाकू अभी तक उसके हाथ में ही है। उसने फल उठाकर देखा तो लोहे पर खून की पतली-सी धारी बनी थी। पहले तो पल-भर को उसका हाथ चाकू को पतलून से पोंछ लेने को बढ़ा, मगर फिर उसने मिट्टी में गाड़कर रेत से उसे साफ कर डाला।

कहीं दूर पालतू मुग बांग देने लगे और हवा बदल गई। तड़का होने लगा। सुबह की तेज़ हवा खाड़ी के पानी को मथने और पेड़ों के झुरमुटों में सायं-सायं करने लगी और छोटी-छोटी लहरें, पत्थर-गिट्टी के ऊबड़-खाबड़ किनारों पर और भी जल्दी-जल्दी ज़ोर से थपेड़े मारने लगी। किनो ने चटाई उठाकर ज़मीन खोदी और मोती को निकालकर सामने रख लिया और देर तक उसे निहारता रहा।

छोटी-सी मोमबत्ती की रोशनी में झिलमिल-झिलमिल करके कटाक्ष करते मोतीने अपने सौन्दर्य की मोहिनीसे किनो के मन को मोह लिया था। कैसा प्यारा और चिकना, मुलायम था वह मोती! और अब मोती का अपना संगीत उससे निकल-निकलकर फैलने लगा—आनन्द और आश्वासन का संगीत, भविष्य के सुख, कल्याण और विश्वास का संगीत। उसकी गरमाहट-भरी प्यारी-प्यारी ज्योति, मानो सारे दुख-दर्द, सारे अपमान-अवज्ञाओं की दीवारों के खिलाफ एक पुल्टिस, सांत्वना का हाथ बनकर सहलाने लगी। उसने भुखमरी के दरवाज़े पर ताला डाल दिया। और इस प्रकार उसकी ओर देखते-देखते किनो की आंखें नम हो पाई और चेहरा नरम हो गया। पूजा की बत्ती की छोटी-सी परछाईं मोती की चिकनी सतह पर झलमलाती दीखती रही और उसके कानों में फिर से सागर के अन्तर का मधुर संगीत, सागर-तल की धुंधली-धुली हरी आभा

का मधुर राग गूंजने लगा। जुआना ने कनखियों से उसकी तरफ देखा तो वह मुस्करा रहा था। और चूंकि वे दोनों किस तरह एकरूप, एकलक्ष्य हो गए थे, इसलिए वह खुद भी मुस्कराने लगी।

और आशा के रथ पर सवार, उनका यह दिन शुरू हुआ।

4

कस्बा बड़े विलक्षण ढंग से अपनी और अपने में रहनेवाले हर छोटे-बड़े ही खोज-खबर रखता है। अगर हर मर्द ओर औरत, किशोर और बालक अगल-अलग परिचित लकीर पर ही चलता और व्यवहार करता रहे, कोई लीक न तोड़े, किसीसे उसका मतभेद न हो और ज़िन्दगी में कहीं कोई प्रयोग न करे, न कभी बीमार पड़े और न उससे किसीके मन की शान्ति और चैन टूटे या उससे कस्बे के एकरस, अनवरत प्रवाह को कहीं कोई खतरा न पहुंचे—ऐसा व्यक्ति किसी भी समय कहीं भी गायब हो सकता है, न तो कोई कभी उसके बारे में जानेगा, न उसे लेकर कुछ सुनेगा; लेकिन जहां ज़रा भी किसीने नियमित विचार-प्रवाह, या बंधे-बंधाए पुराने ढर्रे को तोड़कर बाहर कदम रखा कि फिर देखिए किस तरह कस्बेवालों की नसें घबराहट से झनझनाने लगती हैं और कस्बे की स्नायु-धाराओं में कैसी तूफानी गति से सूचनाएं इधर से उधर चक्कर लगाने लगती हैं। उस समय हर इकाई सारी की सारी सूचनाओं का, सबके लिए केन्द्र हो उठती है।

सो सारे ला-पाज़ कस्बे में सुबह तड़के ही यह खबर फैल गई कि किनो आज अपना मोती बेचनेवाला है। झोंपड़ियोंवाले पड़ौसियों और गोताखोर मछुओं में यह बात फैलती-फैलती चीनी मोदी खानों

के मालिकों से होती हुई गिरजाघर में जा पहुंची। पूजन-वेदी के लड़के फुस-फुस करके इसी बात का ज़िक्र करने लगे। खबर देवदासियों के पास पहुंची,और गिरजा के सामनेवाले भिखारी भी इसीको लेकर बातें करते रहे। इसका कारणतोस्पष्ट ही था—सौभाग्य के इस वरदान में किनोकोजो कुछ भी पहले-पहले मिलेगा, उसमें अपना दसवां भाग लेने जा पहुंचने में चूक नहीं होनी चाहिए। जैसे ही छोटे-छोटे लड़कों ने यह बात जानी कि वे तो उत्तेजना से बेचैन हो उठे। अधिकांश मोतीव्यापारियों कोतो पहले ही इसका पता चल गया था। जब मौके का दिन आया तो मोती-व्यापारियों की गद्दियों में सामने काले मलमल की तश्तरी रखे हर व्यक्ति अकेला बैठा-बैठा,उंगलियों से मोती लुढ़कातासमेटता इस सारे खेल में अपनी भूमिका पर मनन कर रहा था।

लोगों को भ्रम था कि ये मोती खरीदार अलग-अलग व्यक्ति हैं और अकेले काम करते हैं, मछुए जो भी मोती लाते हैं उनकी मोल-तोल करते हुए एक-दूसरे की होड़ में बोलियां बोलते हैं। कभी किसी ज़माने में ऐसा रहा होगा। लेकिन उस तरीके में पैसा बहुत लुटा दिया जाता था और होता यह था कि इसी होड़ में कभी-कभी अच्छे मोती के भाव-ताव में किसी-किसी मछुए को बहुत ही ऊंची कीमत मिल जाती थी और व्यापारियों का बहुत-सा पैसा बेकार चला जाता था। अतः इस तरीके को बढ़ावा देना अनुचित माना गया। अब तो स्थिति थी कि खरीदार एक ही था, बाकी सब उसके हाथ थे। जो लोग अपनी-अपनी गद्दियों में बैठे किनो की राह देख रहे थे वे सबके-सब जानते थे कि क्या दाम उन्हें बोलने हैं, कहां तक जाना है और अलग-अलग कौन-सा हथकण्डा बरतना है। हालांकि उन्हें अपनी-अपनी तनखा के अलावा मिलना कुछ भी नहीं था, लेकिन इन दलालों में भारी सनसनी थी। सभी शिकार के खेलों में ऐसी उत्तेजना रहती है। अगर कोई शिकारी

किसी कीमत पर बाज़ी मार लेने में सफल हो जाता है तो कम से कम दामों पर मामला पटा लेने का सुख और संतोष ही उसके लिए बहुत है और इस पाने का उसे पूरा-पूरा हक है। दुनिया में हर आदमी भरसक अपनी योग्यता के अनुसार ही काम करता है। कोई भी अपनी सामर्थ्य से कम नहीं करता। यों सोचने को कोई कुछ भी सोचता रहे। बदले में इनाम मिले या न मिले, तारीफ और तरक्की हो या न हो,मोती का खरीदार तो मोती खरीदार ही होता है। सबसे अच्छा और सबसे सुखी खरीदार वह है जो कम से कम पर मोती पटा ले।

उस दिन पहले पहर का सूरज पीले रंग का था और तप रहा था। इससे खाड़ी के तटों, और सागर की लहरों से सीलन और नमी खिंच-खिंचकर ऊपर उठ पाई थी और झलमलाती झालरों की तरह वह हवा में झूल रहा थी, हवा थरथराती लगती थी और सारा दृश्य जैसे कृत्रिम और भारहीन हो गया था। कस्बे के उत्तर की ओर एक और ही दृश्य पर्दे की तरह झूल रहा था—दो-सौ मील से अधिक की दूरी पर स्थित पहाड़ों की श्रेणियां पास सरक आई थीं। इस पर्वत-माला के ऊंचे-ऊंचे ढलवानों पर चीड़ के पेड़ों की पट्टियां लिपटी हुई थीं और साल-वन की पांतियों के ऊपर से बड़ी-बड़ी पथरीली चोटियां झांक रही थीं।

आज सुबह से ही डोंगियों की कतारें समुद्र-तट पर लगी खड़ी थीं। आज मछुए मोतियों के लिए गोते लगाने नहीं गए थे। आज तो यहां बड़ा तमाशा जो होने वाला था! किनो जब अपने महान मोती को बेचने ले जाएगा तो बहुत कुछ देखने को मिलेगा।

सागर-तट पर बनी झोंपड़ियों में किनो के पड़ौसी देर तक बैठे-बैठे अपना-अपना नाश्ता करते रहे और बताते रहे कि अगर यह मोती उन्हें मिलता तो वे क्या-क्या करते। एक बोला—"मैं इसे ले जाकर रोम के जगद्गुरु को भेंट दे पाता।" दूसरे ने कहा—"मैं तो हज़ारों सालों

के लिए अपने परिवार के वास्ते पूजा-पाठ की सामग्री खरीदकर डाल देता।" एक और साहब का खयाल था कि पैसा लेकर वह ला-पाज़ के सारे गरीबों में बांट देते और चौथे ने तो वे सारे पुण्य-कार्य सोच डाले थे जो मोती का पैसा मिलने पर किए जा सकते थे, जैसे दुनिया-भर की दान-दक्षिणा, परोपकार, जन-कल्याण और पैसा हो जाने पर करने लायक सारे धर्म-कार्य। सभी पड़ोसी इसपर एकमत थे कि अचानक मिला धन पाकर कम से कम किनो तो नहीं बौराएगा, वह 'पैसेवाला' बन ही नहीं सकता। लोभ, घृणा और स्वार्थ तथा बेरुखी के अंकुर वह अपने भीतर नहीं पनपने देगा। किनो सभीकी आंखों का तारा था। अगर मोती ने उसका यह पतन कर दिया तो चुल्लू-भर पानी में डूब मरने की बात हो जाएगी। वे कहने लगे—"अगर मोती ने उसकी यह दुर्गति कर डाली तो उसकी वह सोने-सी बहू जुआना, प्यार-प्यारा मुन्ना कोयोतितो या आगे आनेवाली सन्तान सबके लिए कितना बुरा हो जाएगा।"

किनो और जुआना के लिए तो यह सुबह ज़िन्दगी की इनीगिनी सुबहों में से एक थी। कहना चाहिए, इतनी ही महत्त्वपूर्ण दूसरी सुबह वह थी जब कोयोतितो का जन्म हुआ था। आज के दिन के बाद ही अगले सारे दिनों का रूप निर्धारित होगा। वे कहा करेंगे-'हमारे मोती बेचने के छः हफ्ते बाद की घटना है।'—या—'हमारे मोती बेचने से दो साल पहले की बात है।' सारी बातों का खयाल रखते हुए जूआना ने सारी फिक्र-चिन्ताओं को हाथ जोड़े और जो कपड़े कोयोतितो के धर्म-संस्कार के लिए तैयार कराए थे, वही उसे पहना दिए। सोचा था, पैसा होगा तो धर्म-संस्कार हो जाएगा। खुद जुआना ने खूब कंघी-चोटी करके लाल चुटीले डाले, शादी का लहंगा और कुर्ती पहनी। वे तैयार हुए तो सूरज आसमान में चौथाई चढ़ आया था। किनो के पास कपड़े फटे पुराने थे

तो क्या हुआ, थे तो साफ-सुथरे। फिर फटे-पुराने कपड़े पहनने का भी यह आखिरी दिन था। कल से, या कहिए आज सन्ध्या से ही उसके पास नये-नये कपड़े होंगे।

अपनी-अपनी झोंपड़ियों की झिरियों से किनो के दरवाज़े पर निगाह रखे हुए पड़ौसी भी कपड़े बदल-बदलकर तैयार हो गए। किनो और जुआना मोती बेचने जाएंगे, उनके साथ उन्हें जाना चाहिए या नहीं, इसे लेकर उनके मन में कोई झिझक या झेंप नहीं थी। बल्कि यह तो पहले से ही था। ऐसा ऐतिहासिक क्षण, और इस अवसर पर वे न जाएं? उनका क्या दिमाग खराब हुआ है? यही नहीं, अपनापन निभाने के लिए भी साथ जाना ज़रूरी था।

जुआना ने बड़े सलीके से ओढ़नी ओढ़ी थी। उसका लम्बा-सा छोर अपनी दाहिनी कुहनी के नीचे खोंस लिया था और बाकी को दाहिने हाथ में समेटकर बांह के नीचे एक झूला-सा निकाल लिया था। उसमें कोयोतितो को लटाकर ओढ़नी में से उसका सिर इस तरह बाहर निकाल दिया कि कोयोतितो भी सब कुछ देखता रहे और हो सके तो याद भी रखता चले। किनो ने अपना बड़ा-सा चटाईवाला टोप सिर पर लगाया था और बार-बार छूकर देख लेता था कि सिर पर वह ठीक से रखा है या नहीं। कहीं गैर-ज़िम्मेदार और अन-ब्याहे आवारा की तरह बहुत आगे या पीछे तो नहीं झुक आया या बड़े-बूढ़ों की तरह सिर पर बहुत पिचक तो नहीं गया? बल्कि उसने अपनी कड़क, गम्भीरता और शक्ति जताने के लिए सामने की ओर ज़रा-सा तिरछा झोक दे रखा था। आदमी के सिर पर रखे टोप के हल्के-से तिरछे झुकाव में ही उसका बहुत कुछ प्रकट हो जाता है। पांवों में किनो ने चप्पलें डालीं और पीछे एड़ियों पर पट्टे चढ़ा लिए। बहुमूल्य मोती को पुरानी, नरम मृगछाला के टुकड़े में लपेटा और चमड़े की थैली में रखकर उसे कमीज़ की जेब में डाल लिया। बडी

सावधानी से कम्बल की तह की और दुशाले की तरह उसे डाल लिया तो सब लोग चलने को तैयार हो गए।

बड़े रौब के साथ किनो ने घर के बाहर कदम रखा, कोयोतितो को लिए जुआना उसके पीछे हुई। जब वे बरसाती परनालों से धुली पतली-सी गली से होकर कस्बे की ओर बढ़े तो पड़ोसी भी साथ हो लिए। घरों से लोग डकारों और पौलियों से बच्चे उलटियों की तरह निकल-निकलकर बाहर आ गए। लेकिन मौके की संजीदगी को देखते हुए सिर्फ एक आदमी किनो के बराबर चल रहा था, उसका भाई जुआन टामस।

जुआन टामस ने भाई को चेताते हुए कहा—"बहुत होशियार रहियो। देखियो, साले ठग-ठगा न लें।"

किनो ने हामी भरी—"हां भैया, बड़ी होशियारी की ज़रूरत है।"

"हमें तो यह भी नहीं पता कि दूसरी जगह क्या-क्या कीमतें दी जाती हैं।" जुमान टामस बोला—"मोतियों के व्यापारी दूसरी जगह इस मोती का क्या बताएंगे-जब तक यह न मालूम हो तब तक हमें क्या पता, अच्छी कीमत कितनी होगी?"

किनो ने जवाब दिया—"सच कहते हो। लेकिन भैया, हमें पता कैसे लगेगा? हम लोग तो यहां हैं, वहां तो हैं नहीं।"

जैसे-जैसे कस्बे की ओर बढ़ते गए, उनके पीछे की भीड़ भी बढ़ती गई। और सिर्फ घबराहट की वजह से ही जुआन टामस कुछ न कुछ बक-बक करता रहा।

कहने लगा—"किनो, तुम्हारे पैदा होने से पहले की बात है। बड़े-बूढ़ों ने अपने मोतियों की अच्छी कीमत पाने का एक रास्ता निकाला था। उनका खयाल था कि अगर कोई ऐसा दलाल हो जो मोतियों को ले जाकर राजधानी में बेच आया करे और अपने लिए मुनाफे का हिस्सा

रख ले तो ज्यादा फायदा है।"

किनो ने स्वीकृति में सिर हिलाया—"मुझे याद है। विचार बुरा तो नहीं था।"

जुबान टामस बताता रहा—"और उन लोगों ने आदमीतैयार कर लिया। सबोंने अपने-अपने मोती एक जगह इकट्ठे करके उसे रवाना कर दिया। लेकिन वह पट्ठा तो ऐसा गया कि उसकी हवा तक न मिली। गांठ से मोती गए सो अलग। सो उन्होंने फिर दूसरा आदमी तय करके उसे भेजा। उसका भी अता-पता नहीं मिला। हारकर उन्होंने इरादा ही छोड़ दिया और फिर पुराने ढर्रे पर लौट आए।"

"मुझे पता है।" किनो ने कहा—"मैंने बाबू को यह किस्सा कहते सुना है। विचार तो अच्छा था, लेकिन पुजारी जी ने खूब खुलासा करके बताया था कि यह तरीका धर्म के खिलाफ है। जिन-जिन लोगों ने अपना ठिया छोड़कर जाने की काशिश की उन्हें इसी तरह दण्ड भुगतना पड़ा कि मोतियों से हाथ धोए। पुजारी जी ने यह भी समझाकर बताया था कि हर आदमी और औरत भगवान के भेजे हुए सिपाही की तरह है कि दुनिया के किले के किसी न किसी भाग को निगरानी करता रहे। कुछ लोगों को बुर्जियों पर तैनात किया गया है तो कुछ दीवारों से घिरे दूर गहरे अंधेरे में नियुक्त हैं। मगर हर आदमी को अपनी-अपनी जगह और काम पर वफादार होने की ज़रूरत है। सब कोई इधर-उधर भागेंगे तो नरक और पाप के हमलों से किला ही खतरे में पड़ जाएगा।"

"उन्हें यह उपदेश देते मैंने भी सुना है।" जुआन टामस ने कहा—"हर साल ही तो देते हैं।"

दोनों भाई चलते जाते थे और कनखियों से इधर-उधर देखते जाते थे, जैसे उनके बाप-दादे और उनके भी बाप-दादे पिछले चार सौ सालों से

देखा करते थे। इस तरह देखना उन्होंने तब शुरू किया जब पहले-पहल कुछ अजनबी तर्कों और अधिकारों के साथ आए थे, और उनके इन तर्कों और अधिकारों के पीछे बारूद और गोली थी। इन चार सौ सालों में किनो की जाति के लोगों ने बचाव का सिर्फ यही तरीका सीखा था—ज़रा-सी आंख दबाकर कनखियों से देखना और होंठों को ज़रा-सासख्त करके अपने खोल में वापस जा घुसना। इस लक्ष्मण-रेखा को कभी कोई नहीं लांघ पाता था और इस दीवार के पीछे कोई भी उनका बाल-बांका नहीं कर सकता था।

एकत्र हुए लोगों का यह जुलूस बड़ा धीर-गंभीर था। सबको इस दिन के महत्त्व का पता था। अगर कोई बच्चा खांसने, रोने-चीखने का भाव दिखाता, या चुपके से टोप उतारना चाहता या बाल बिगाड़ने लगता तो उसके साथवाले बड़े लोग होंठों पर उंगली रखकर 'शू-शू' कर देते। यह दिन इतना महत्त्वपूर्ण था कि एक बूढ़ा अपने लम्बे-तड़गे भतीजे के कन्धों पर चढ़कर तमाशा देखने आया था। जुलूस अब झोंपड़ियों को छोड़कर पत्थर-चूने के मकानोंवाली बस्ती में आ गया था। यहां सड़कें अधिक चौड़ी थीं और मकानों के सामने पतली पट्टी जैसी पक्की खुली ज़मीन थी। गिरजे के सामने से निकलते ही पहले की तरह भिखमंगे भी साथ लग लिए। परचूनिए गर्दनें तान-तानकर इन सबको जाते हुए देखने लगे। छोटे-छोटे शराबघरों में एक भी गाहक नहीं था। मालिकों ने भी उनमें ताले डाले और साथ-साथ चल पड़े। कस्बे की सड़कों पर धूप कड़ाके की पड़ रही थी और ज़मीन पर नन्हे-नन्हे पत्थरों तक की परछाइयां खिंच गई थीं।

जुलूस के आने की खबर पहले ही पहुंच गई थी और अपनी-अपनी अंधेरी गद्दियों में बैठे, मोती-व्यापारी तनकर चौकन्ने हो गए थे। उन्होंने कागज़ निकालकर सामने फैला लिए थे, ताकि जब किनो पाए तो वे

काम में व्यस्त दिखाई दें। अपने मोती उन्होंने दराजों में उठाकर रख दिए। एक निहायत खूबसूरत मोती के मुकाबले छोटे-मोटे मोती का रहना अच्छा नहीं लगता। किनो के मोती की खूबसूरती की चर्चा उनके कानों तक पहले ही पहुंच चुकी थी। मोतियों के व्यापारियों की गद्दियां एक ही पतली-सी गली में इकट्ठी थीं। खिड़कियों में लोहे की छड़ें लगी थीं और रोशनी रोकने के लिए लकड़ी की पतली-पतली फट्टियां ठुकी थीं। इससे कोठरियों में नाम को ही उजाला आ पाता था।

एक भारी-भरकम सुस्त-सा आदमी एक गद्दी में बैठा राह देख रहा था। चेहरे पर बुज़ुर्गी और दयालुता थी और आंखें अपनेपन के भाव से चमकती रहती थीं। वह सुबह ही सबसे नमस्कार करता, बड़ी आत्मीयता और तपाक से हाथ मिलाता और हाल-चाल पूछता। बड़ा ही हंसमुख आदमी था और उसे दुनिया-भर के चुटकुले याद थे। फिर भी दूसरों के दुःख-दर्द भी उसकी आंखों में रहते थे। हंसी-ठिठोली के बीच भी उसे सामनेवाले की चाची की मौत की बात याद रहती, और मिलनेवाले के किसी नुकसान के दुःख से उसकी आंखें भर आतीं। आज की सुबह उसने गुलदान में बड़ी-बड़ी पंखुड़ियोंवाला सुर्ख जवा का फूल लगाकर अपने सामनेवाली चौकी पर सजाया था। गुलदान के पास ही काली मखमल-मढ़ी मोती रखनेवाली तश्तरी रखी थी। आज उसने ऐसी कसकर हजामत बनाई थी कि दाढ़ी में बालों की नीली-नीली जड़ें झलकने लगी थीं। हाथ खूब साफ किए थे और नाखून कटे-छंटे दुरुस्त थे। उसके खुले हुए दरवाज़े आज की सुबह का अभिनन्दन कर रहे थे। मुंह ही मुंह में कुछ गुनगुनाता जाता था और उसके हाथ बाजीगरी के खेल का अभ्यास कर रहे थे। एक सिक्के को साधकर उंगलियों के गट्टों पर आगे-पीछे लुढ़काने का खेल कर रहा था। कभी सिक्का गायब हो जाता, कभी दीखने लगता और कभी चमचम चमकता हुआ

फिरकनी की तरह नाचने लगता। सिक्का झलक दिखाकर एकाएक गायब हो जाता। अपने इस कमाल की ओर उसका ध्यान कतई नहीं था। उंगलियां बस मशीन की तरह निहायत सधे ढंग से यह सब कर रही थीं और वह खुद ही गुनगुनाता हुआ रह-रहकर बाहर झांक लेता था। तभी उसे पाती हुई भीड़ के पैरों की थप्-थप् सुनाई दी और उसके दाहिने हाथ की उंगलियां और भी तेजी से अपने खेल में लग गईं। आखिर किनो दरवाजे के बीचोबीच खड़ा दिखाई दिया। सिक्का चमककर गायब हो गया।

"नमस्कार भैया!" भारी-भरकम दलाल बोला—"मेरे लायक सेवा!" उस छोटी-सी कुठरिया के धुंधलके में किनो आंखें गड़ा-गड़ाकर देख रहा था। बाहर के चौंधे के कारण उसकी आंखें मिच-मिचा रही थीं। लेकिन व्यापारी की आंखें, बाज़ा आंखों की तरह अपलक, स्थिर और बेदर्द थीं, साथ ही बाकी सारा चेहरा स्वागत में मुस्करा रहा था। चौकी की आड़ में उसका दाहिना हाथ, चुपचाप सिक्के के खेल का अभ्यास किए जा रहा था।

किनो ने कहा—"मेरे पास एक मोती है।" जुआन टामस उसके पास ही खड़ा था। किनो के ऐसे मरियल ढंग से मोती की बात कहने पर उसने मुंह बिगाड़कर नाक से फुफकार छोड़ी। सारे पड़ोसी दरवाज़े में इधर-उधर से झांक रहे थे, बच्चे खिड़कियों की छड़ों पर जा चढ़े थे और वहां से ताक-झांक कर रहे थे। अनेक छोटे-छोटे लड़के घुटनों और हाथों के बल घोड़ा बने किनो के पैरों के इधर-उधर से सारा दृश्य देख रहे थे।

"बस, एक ही मोती है?" व्यापारी ने पूछा। "कोई-कोई आदमी तो कभी दर्जन-भर मोती ले आता है। खैर, लामो तुम्हारा मोती भी देखें। जांच-परख के बाद हम तुम्हें अच्छी से अच्छी कीमत देंगे," और उधर

उसकी उंगलियां सिक्के को अन्धाधुन्ध नचा रही थीं।

किनो को अपने-आप ही मालूम पड़ गया था कि उसका प्रभाव कैसा ज़बर्दस्त और नाटकीय पड़ने जा रहा था। बड़े इत्मीनान से उसने चमड़े की थैली निकाली,बड़े ही धीरे-धीरे मृगछाला का गंदा-मुलायम टुकड़ा बाहर किया और सामने रखी काली मखमल की तश्तरी में मोती लुढ़काने के साथ ही उसकी निगाहें व्यापारी के चेहरे पर जा जमीं। लेकिन चेहरे पर कोई शिकन नहीं आई, कोई हरकत नहीं हुई और वैसा ही जड़-अप्रभावित बना रहा, लेकिन चौकी की ओट में छिपा हाथ इस बार अपने सधाव में चूक गया। उंगली की एक गांठ से टकराकर सिक्का व्यापारी की गोद में लुढ़क आया और चौकी की आड़ में उंगलियां सिमटकर मुट्ठी की शक्ल में बदल गईं। दाहिना हाथ ओट से सामने आ गया। बड़ी उंगली ने उस अमूल्य मोती को छुआ और काली तश्तरी में ज़रा-सा लुढ़का दिया। फिर अंगूठे और उंगली ने मोती को उठाकर पारखी की आंखों के पास किया और फिरकनी की तरह उसे हवा में घुमा दिया।

किनो सांस रोके रहा, पड़ौसी सांस रोके रहे और फुसफुसाहट भीड़ में पीछे तक तैरती चली गई—"अभी तो परख रहा है। अभी दाम नहीं बोले हैं। अभी तक कोई कीमत तय नहीं हुई है।"

व्यापारी का हाथ अलग और स्वतंत्र व्यक्तित्व बन गया था। हाथ ने उस अमूल्य मोती को तश्तरी में वापस लुढ़का दिया और उंगली ने बढ़कर उपेक्षा से ज़रा-सापरे धकेल दिया। चेहरे पर तरस और उपेक्षा-भरी मुस्कान आ गई।

"अफसोस है दोस्त," वह बोला तो कन्धे इस तरह उठे मानो जता रहा हो कि इस दुर्भाग्य में बेचारे का क्या कसूर?

"यह मोती तो बड़ी ऊंची कीमत का है।" किनो ने विरोध से

कहा।

व्यापारी की उंगली ने मोती को इस तरह ठेल दिया कि मखमली तश्तरी के किनारों से वह दो-तीन बार इधर से उधर टकराया।

"तुमने शेखचिल्ली के सोने का किस्सा तो सुना होगा न ?" व्यापारी बोला—"यह भी शेखचिल्ली के सोने की तरह है। इतना बड़ा है कि इसे खरीदेगा कौन? ऐसी चीज़ों का कोई खरीदार नहीं होता। यह तो सिर्फ एक अजूबा है। मुझे अफसोस है दोस्त। तुम सोचे बैठे हो कि बड़ी ऊंची कीमत की चीज़ है, लेकिन यह तो एक अजूबा-भर है। इससे ज्यादा इसकी कोई वकत नहीं है।"

किनो के चेहरे पर परेशानी और चिन्ता के बादल घिर आए। चिल्लाकर बोला—"यह दुनिया का सबसे निराला मोती है। आज तक किसीने कभी ऐसा मोती नहीं देखा।"

"बल्कि यह कहो..." व्यापारी ने बीच में ही बात काट दी..."कि यह इतना बड़ा और बेडौल है। अजूबे के रूप में जरूर चीज़ दिलचस्प है। कोई अजायबघर अपने शंख-सीपियों के संग्रह में रखने के लिए भले ही खरीद ले। मैं इसके लिए तुम्हें एं...एं एक हज़ार पीसा तक दे दूंगा।"

किनो का चेहरा काला और खतरनाक हो उठा। कहने लगा—इसका दाम पचास हज़ार है। आप खुद जानते हैं, लेकिन मुझे उल्लू बनाना चाहते हैं।"

कीमत सुनते ही भीड़ में शिकायत की भनभनाहट यहां से वहां तक तैर गई और व्यापारी ने भी उसे सुना। उसके मन में भय की एक सुरसुरी फैल गई।

जल्दी से बोला—"मुझे दोष क्यों देते हो भाई, मैं तो सिर्फ पारखी हूं। औरों से जाकर पूछ ला। उनकी गद्दियों में जाकर मोती जंचवा लो,

या उन्हें भी यहीं बुला लो। तब अपनी आंख से देख लेना कि हमारी कोई साठ-गांठ नहीं है। अरे ओ लड़के," उसने नौकर को आवाज़ दी। नौकर ने जब पीछे के दरवाजे से झांका तो बोला—"अरे लड़के, जाकर फलाने-फलाने दो-तीनों को बुला ला। बस, उनसे आने को कह दीजो, यह मत बतइयो क्यों बुलाया है। कह देना, जरा-सा मिलना है। बड़ी मेहरबानी होगी—एक मिनट को चले चलें।" और उसका दाहिना हाथ फिर चौकी के पीछे चला गया। उसने जेब से दूसरा सिक्का निकाला और वह उसकी उंगलियों के गट्टों पर फिर आगे-पीछे लुढ़कने लगा।

किनो के सारे पड़ौसी फुस-फुस करके सलाह करने लगे। उनको भी कुछ ऐसा ही डर था। मोती आकार में बड़ा ज़रूर था, लेकिन इसका रंग बड़ा अनोखा-सा था। उनके मन में शुरू से ही इसे लेकर बड़ा शक-था। हज़ार-पीसो भी आखिर नाली में पड़ा नहीं मिलता—उसे ठुकराना कहां की अक्लमंदी है! निर्धन के लिए तो यही बड़ा धन है। मान लो, किनो हज़ार पीसो पर तैयार हो जाए! कल तक तो घर में भुनी भांग नहीं थी।

लेकिन किनो एकदम अडिग और दृढ़ हो गया था। उसे लग रहा था मानो तकदीर सामने से सरकती चली जा रही है, चारों तरफ से भेड़िये घिर आए हैं और गिद्ध मंडराने लगे हैं। उसे महसूस हुआ मानो दुष्टता और मक्कारी उसके चारों ओर पांव रोपकर जम गई हैं और अपने-आपको बचाना उसके बस के बाहर की बात है। कानों में वही दुष्ट संगीत सुनाई दे रहा था। काली मखमल पर अभी भी वह दुर्लभ मोती इस तरह जगमगा रहा था कि व्यापारी की आंखें उधर से हट नहीं पा रही थीं।

दरवाजे की भीड़ में हलचल हुई, बीच से रास्ता बना तो मोतियों के तीन और व्यापारी अन्दर आ गए। भीड़ अब एकदम चुप और शान्त थी,

कहीं ऐसा न हो कि कोई शब्द कानों से चूक जाए, चेहरे का भोई भाव, कोई मुद्रा देखने से रह जाए। किनो चुप और चौकन्ना था। पीठ पर उसे कुछ कसमसाहट-सी महसूस हुई, मुड़ा तो उसकी निगाहें जुआना की निगाहों से जा टकराईं। जब वापस सिर घुमाकर सामने की ओर देखा तो उसके भीतर नई शक्ति लहरा रही थी।

व्यापारियों ने न तो एक-दूसरे से आंखें मिलाईं, न मोती की तरफ देखा। चौकी के पीछेवाले ने कहा—"भाइयो, इस मोती का दाम मैंने लगा दिया है। मोती जिसका है वह समझता है कि दाम वाजिब नहीं है। मैं चाहता हूं, आप इस सामनेवाली चीज़ को परखकर अपनी बोली दें।देख लो," उसने किनो की ओर देखकर कहा—"मैंने जो दाम लगाए हैं वो इनको नहीं बताए।"

एक बेरुखे और रूखे-से व्यापारी ने ऐसा भाव दिखाया मानो मोती को पहली बार देख रहा हो। उसने मोती उठाया, अंगूठे और उंगली में घुमाया और फिर बड़ी हिकारत के साथ उसे वापस तश्तरी में डाल दिया।

उसने रूखेपन से कहा—"मुझे तो भाई, इस भाव-ताव में शामिल मत करो। मैं कोई बोली नहीं बोलूंगा। मुझे इसकी ज़रूरत नहीं है। यह कोई मोती है? अरे, यह तो दानव है, दानव।" और उसने पतले-पतले होंठ झटक दिए।

अब दूसरे व्यापारी ने मोती हाथ में लेकर बड़े गौर से परखा। उसका स्वर बड़ा धीमा और मुलायम था। जेब से उसने आतिशी शीशा निकालकर मोती के बड़े आकार को जांचा। फिर बड़े धीमे से हंसा।

"आजकल मसाले के मोती इससे अच्छे बनने लगे हैं।" उसने कहा—"मुझे इन चीज़ों की असलियत पता है। यह मोती बड़ा नरम और भुरभुरा है। कुछ ही महीनों में इसका रंग उड़ जाएगा और यह

किसी काम का नहीं रहेगा। देखो, देखो,तुम खुद देख लो-—" उसने अपना आतिशी शीशा किनो की ओर बढ़ा दिया और इस्तेमाल का ढंग समझा दिया। किनो ने इससे पहले मोती की सतह को कभी बड़े आकार में नहीं देखा था। उसने जो मोती की अजबसी सतह देखी तो सिर चकरा गया।

तीसरे व्यापारी ने मोती किनो के हाथ से लेकर कहा-—"मेरे एक गाहक को ऐसी चीज़ों का शौक है। इसलिए मैं इसके पांच सौ पीसो तक दे दूंगा। पट गया तो उस गाहक को छ: सौ में भिड़ा दूंगा।"

किनो ने आगे झपटकर मोती उसके हाथ से छीन लिया। वापस उसे मृगछाला में लपेटा और कमीज़ के भीतर ठूंस लिया।

चौकी के पीछेवाले ने कहा—"तब तो मैं ही बेवकूफ रहा। खैर, एक बार मैंने जो दाम लगा दिए, वही अभी भी हैं। अभी भी मैं हज़ार देने को तैयार हूं।" किनो ने जब सामने से मोती उठाकर जल्दी से जेब में ठूसा तो वह कहता रह गया—"अरे, अरे, यह क्या करते हो?"

"उल्लू बनाने को मैं ही मिला।" वह दहाड़कर बोला—"मुझे यहां अपना मोती नहीं बेचना। हो सका तो राजधानी जाकर बेच आऊंगा।"

अब व्यापारियों ने तेजी से एक-दूसरे को आंखों ही आंखों में इशारे किए। समझ गए कि ज़्यादती हो गई। यह भी जान गए कि अपनी इस चूक के लिए आड़े हाथों लिए जाएंगे। चौकीवाले ने फुर्ती से कहा—"अच्छा भाई, मैं तुम्हें पन्द्रह सौ तक दे दूंगा। बस?"

लेकिन किनो भीड़ ठेलता बाहर निकल आया था। बात की भनभनाहट-भर ही उसके कान में पड़ी। खून खौलकर उसके कानों में ठोकरें मार रहा था। भन्नाता हुआ बाहर आया और लम्बे-लम्बे डग रखता हुआ एक ओर चल दिया। जुमाना भागती-भागती पीछे

चल रही थी।

रात हुई। झोंपड़ियों में बैठे-बैठे मकई की रोटियां और मटर खाते हुए पड़ौसी सुबहवाले विषय पर ही वाद-विवाद कर रहे थे। वे तो कुछ समझते नहीं थे, हां, मोती ज़रूर उन्हें कुछ ऊंची किस्म का और बढ़िया लगा था, लेकिन ऐसा मोती पहले कभी किसी ने देखा तो था नहीं। उनकी अपेक्षा व्यापारी लोग मोती के दाम के बारे में ज्यादा समझते होंगे। कहने लगे—"एक बात पर ध्यान दो, इन बातों पर व्यापारियों ने कोई बातचीत ही नहीं की। तीनों जानते थे कि मोती अनमोल है।"

"मान लो, उनकी पहले से ही साठ-गांठ हो तो?"

"इसका मतलब तो यह हुआ कि ये लोग हमें सारी ज़िन्दगी उल्लू ही बनाते रहे हैं।'

कुछ की दलील थी कि अगर किनो पन्द्रह सौ पीसो पर ही मान जाता तो शायद सौदा बुरा नहीं था। इतना पैसा बहुत होता है। उसने तो कभी देखा भी नहीं होगा। शायद किनो ने बहुत ही बड़ी बेवकूफी कर डाली है। मान लो, वह राजधानी जा भी पहुंचे और वहां उसे मोती का कोई खरीदार ही न मिले तो? झटका संभालना मुश्किल हो जाएगा किनो से।"

जो ज़रा भीतर से डरपोक थे वे बोले—"अब तो आगे व्यापारी किनो से सौदे की बात करना भी पसंद नहीं करेंगे।किनोने खुद अपने पैरों पर कुल्हाड़ी मार ली है। खुद अपना गला काट लिया कम्बख्त ने।"

कुछ का कहना था कि किनो बहादुर और धाकड़ आदमी है। उसने बिलकुल ठीक किया। उसकी दिलेरी से हम सबका फायदा होगा। इन्हें किनो पर गर्व था।

अपनी झोंपड़ी में किनो चटाई पर आलथी-पालथी मारकर बैठा-बैठा विचारों में डूबा था। घर के चूल्हे के एक पत्थर के नीचे उसने मोती को गाड़ दिया था और अपनी सोनेवाली चटाई की बुनी हुई सींकों को अपलक टकटकी लगाए देखे जा रहा था। आखिर चटाई की आड़ी-तिरछी सीके उसके सिर में नाचने लगी। एक दुनिया उसके हाथ से चली गई थी और दूसरी उसे मिली नहीं थी। किनो को डर भी लग रहा था। ज़िन्दगी में कभी घर से दूर बाहर परदेस में गया नहीं। नये-नये लोगों और नई-नई जगहों से वैसे ही उसे डर लगता था। राजधानी नाम के उस अजनबी राक्षस के नाम से ही उसे पसीना छूटता था-वहां सभी कुछ तो अनजान और। अपरिचित है। सागर के उस पार, पहाड़ों के भीतर न जाने कहां हज़ारों मील दूर जाकर शहर बसा है, और हर अपरिचित-अनजान मील उसके लिए भूत जैसा डरावना है। लेकिन अब ओखली में सिर दे ही दिया तो मूसलों से क्या डरना! एक दुनिया जब छुट ही गई तो दूसरी में छलांग लगाए बिना चारा भी तो नहीं था। भविष्य का वह सपना भी तो अब उसके लिए यथार्थ ही बन गया था और उसे वह किसी भी कीमत पर नष्ट नहीं होने देना चाहता था। और चूंकि उसने अपने मुंह से कह दिया था कि, 'मैं राजधानी जाऊंगा' ,तो बात उसके लिए वास्तविकता ही बन गई थी। मन में जाने की ठान लेना और एक बार मुंह से कह देना ही आधा रास्ता तय कर लेने के बराबर था।

जिस समय वह मोती गाड़ रहा था, जुनाना उसे देख रही थी। कोयोतितो के मुंह-हाथ साफ करने से लेकर दूध पिलाती और सुलाती जाती थी और किनो को देखती जाती थी। फिर उसने रात के खाने के लिए रोटियां सेंक दीं।

जुआन टामस आकर किनो के पास ज़मीन पर ही बैठ गया।

देर तक बिना बोले चुपचाप बैठा रहा। आखिर किनो ने ही सवाल किया—"तुम्हीं बतायो, मैं और क्या करता? वो तो साले सबके-सब ठग हैं।"

जुबान टामस ने सिर हिलाकर संजीदगी से हामी भरी। वह बड़ा था, इसलिए किनो उससे कोई समझदारी की सलाह चाहता था। "हर बात को समझना बड़ा मुश्किल है।" वह कहने लगा—"लेकिन इतना हम ज़रूर जानते हैं, जन्म से लेकर कफन तक में हमारी जेब काटी जाती है। मगर हम हैं कि सब सह लेते हैं

और जिए चले जाते हैं। आज तुमने अकेले मोतियों के व्यापारियों को ही ठेंगा नहीं दिखाया, तुमने सारी व्यवस्था को, ज़िन्दगी की एक लीक को ठोकर मार दी है। इसलिए तुम्हें लेकर मैं डरता हूं।"

"ज्यादा से ज्यादा भूखों ही तो मर जाऊंगा या और कुछ?" किनो ने पूछा।

लेकिन जुबान टामस ने धीरे से सिर हिला दिया—"खैर, उससे तो हम सभीका डरना उचित ही है। पर मान लो, तुम्हारी बात ही सही है, मान लो तुम्हारा मोती बहुत ही ऊंचे दामों की चीज़ है, तब क्या तुम समझते हो कि बात यहीं खत्म हो जाएगी?"

"क्या मतलब?"

''यह तो मैं नहीं जानता।" जुआन टामस ने जवाब दिया—"लेकिन तुम्हें लेकर मन में डरता हूं। तुम एक नई धरती पर चल रहे हो, और रास्ते की तुम्हें कोई जानकारी नहीं है।"

"मैं चला जाऊंगा। जल्दी ही चला जाऊंगा।" किनो ने कह दिया।

"हां, हां," बात मानकर जुआन टामस कहने लगा—"सो तो तुम्हें जाना ही चाहिए। पर मैं नहीं सोचता कि राजधानी में तुम्हें कोई नई या दूसरी बात मिलेगी। यहां तो तुम्हारे यार-दोस्त हैं, मैं तुम्हारा भाई हूं। वहां

तो कोई भी नहीं होगा।"

"तो आखिर मैं करूं क्या?" किनो चीख उठा—"यह तो बड़े जुल्म की बात है। मुन्ने को एक बार बढ़ने का अवसर मिलना ही चाहिए। और इसीकी वो लोग जड़ खोदने पर तुले हैं। अपने यारदोस्तों का ही तो मुझे भरोसा है। वे ही मुझे बचाएंगे—"

"सिर्फ उस वक्त तक, जब तक इससे खुद उनके ऊपर किसी तरह की आंच नहीं आती।" कहकर जुबान टामस उठ खड़ा हुआ। "अच्छा, खुदा हाफिज़।"

किनो ने भी कह दिया—"खुदा हाफिज़।" लेकिन निगाह उठाकर उधर नहीं देखा। उसे उन शब्दों में अजीब ठण्डापन महसूस हुआ।

ज़ुआन टामस के जाने के बाद बड़ी देर तक किनो चटाई पर बैठा उधेड़-बुन में लगा रहा। एक अजब अलस-जड़ता और बदरंग निराशा उसके ऊपर छा गई थी। लगता था हर रास्ता उसके लिए बंद हो गया है। सिर के भीतर सिर्फ गूंजता सुनाई देता था शत्रु का काला-कलुषित संगीत। उसकी चेतना सुलगकर सजीव हो उठी थी। अपने लोगों से उसे एक सहज-शक्ति मिली थी—सारी सृष्टि के साथ हर चीज़ के साथ प्रगाढ़ सम्बन्ध की अनुभूति, और इस समय वह इसी अनुभूति में डूब गया था। घिरती हुई रात की हल्की से हल्की आहट उसे सुनाई पड़ रही थी, अपनी-अपनी जगहों पर जाकर बैठती चिड़ियों की निंदासी शिकायतें, बिल्लियों के प्यार की दर्दीली आवाजें, किनारे पर लहरों का टक्कर मारकर लौट पड़ना और बाहर के फैले खुलाव की सांय-सांय की आवाजें उसके कानों में आ रही थीं और भाटे के उतरते पानी में बाहर निकल आई सेवार की तीखी गंध यहां तक आती थी। जलती टहनियों की नन्ही-सी लपट, चटाई के नक्शे को उसकी चेतना-शून्य आंखों के आगे उछाल रही थी।

बड़े चिन्तित भाव से जुआना यह सब देख रही थी। लेकिन वह किनो को जानती थी। जानती थी कि चुप रहकर, और उसके आसपास ही बनी रहकर वह उसे सबसे बड़ा सहारा दे सकती है। जैसे पाप का संगीत उसे भी सुनाई पड़ रहा था और इसलिए स्वयं परिवार के राग को मधुर-मधुर गाकर, परिवार के कल्याण, ऊष्माप्यार और सम्पूर्णता के राग को गुनगुनाकर वह उस दुष्ट संगीत से लड़ रही थी। कोयोतितो को गोदी में लेकर पाप के गीत को परे धकेल देने के लिए वह उसे लोरी सुना रही थी। कुटिल गीत के खतरे के सामने भी उसका स्वर निष्कंप और निडर था।

किनो न तो हिला-डुला, न ही उसने खाना मांगा। जुआना जानती थी, जब उसकी इच्छा होगी तभी मांगेगा। किनो की आंखें जैसे मोहाच्छन्न हो गई थीं और उसे भास रहा था जैसे झोंपड़ी के बाहर कहीं कोई बेहद सतर्क, चौकन्नी दुष्ट-छाया खड़ी है। लगता था, रात में वह बाहर निकले—बस, इसी घात में मानो कोई काली-काली सरकती चीज़ वहां तैयार बैठी है। भूत जैसी वह चीज़ कहीं छिपी बैठी है और बेहद डरावनी है, लेकिन मानो उसे पुकार-पुकारकर गालियां दे रही है, डरा-धमका रही है और बार-बार ललकार रही है। दाहिने हाथ ने कमीज़ के भीतर का चाकू छुआ और उसकी आंखें फैल उठीं। वह उठ खड़ा हुआ और दरवाजे की ओर बढ़ा।

जुआना के मन में आया कि उसे रोक दे। उसने रोकने को हाथ बढ़ाया भी, लेकिन मारे डर के उसका मुंह बस खुलकर रह गया। बड़ी देर तक किनो अंधेरे में आंखें गड़ा-गड़ाकर देखता रहा, फिर बाहर निकल आया। जुआना को हल्की-हल्की-सी भाग-दौड़, फूं-फूं के साथ हाथापाई और फिर धमाका-सा सुनाई दिया। खौफ के मारे पहले तो एक मिनट को उसे लकवा मार गया, पर फिर बिल्ली की तरह उसके दांत

होंठों को ठेलकर बाहर निकल आए। कायोतितो को ज़मीन पर सुलाया, और चूल्हे से एक पत्थर उठाकर बाहर की ओर लपकी। लेकिन तब तक दुश्मन खेल खेल चुका था। किनो धरती पर पड़ा उठने के लिए छटपटा रहा था। आसपास कोई नहीं था। सिर्फ कुछ छायाएं, लहरों की टकराहट, दौड़ना और दूर की सांय-सांय। लेकिन कुछ अशुभ था जो चारों तरफ समाया था-फूस की बाड़ के पीछे छिपा था, घर के पास अंधेरे में घुटनों के बल सरक रहा था, हवा में मंडरा रहा था।

जुयाना ने पत्थर एक ओर फेंका और बांहों में भरकर किनो को उठाकर खड़ा कर दिया, फिर सहारा देकर घर में से भीतर ले आई।। उसकी कनपटी से खून बह-बहकर टपक रहा था। कनपटी पर कान से लेकर ठोड़ी तक कटने का गहरा, खून-सना निशान था, जैसे किसीने झटके से फाड़ दिया हो। किनो नीम-बेहोशी की हालत में था और सिर को कभी इधर और कभी उधर झटक देता था। कमीज़ ऊपर से नीचे तक फट गई थी, कपड़े आधे अस्त-व्यस्त हो गए थे। जुआना ने उसे चटाई पर बैठाया और चेहरे के गाढ़े पड़ते खून को लहंगे से पोंछ डाला। छोटी-सी सुराही में ताड़ी लाकर पीने को दी। फिर भी वह इस तरह सिर झटकता रहा मानो आंखों के अंधेरे को दूर झाड़ फेंकना चाहता हो।

"कौन था?" जूआना ने पूछा।

"पता नहीं।" किनो ने जवाब दिया—"मैंने देखा नहीं।"

जुआना पानी-भराघड़ा ले आई और चेहरे का घाव धोने लगी। इस बीच किनो भौचक-सा बस अपने सामने घूरता रहा।

"किनो, मेरे मालिक किनो!" उसने पुकारकर कहा तो वह सूनी-सूनी आंखों से कहीं उसके पार देखता रहा—"किनो, मेरी बात सुनते हो किनो?"

"हां, सुनता हूं।" वह बेजान-सा बोला।

"किनो,यह मोती मनहूस है। यह हमारा सत्यानाश कर डालेगा। इससे पहले ही हम इसे ठिकाने लगा दें। पत्थर से इसे चूर-चूर कर दें या समुद्र में ही वापस फेंक दें। वहीं की यह चीज़। किनो, यह मनहूस है, यह मनहूस है।"

वह बोल रही थी और किनो की आंखों में रोशनी लौट आई थी और खौफनाक तरीके से वे जगमगाने लगी थीं। उसकी मांसपेशियां कठोर हो उठी थीं और संकल्प-शक्ति बलवती हो गई थी।

"नहीं..."उसने जवाब दिया—"मुझे इस चीज़ से ही लड़ना है। और इस लड़ाई को जीतना ही है। हमसे जो कुछ करते बनेगा, ज़रूर करेंगे।" आवेश से उसने चटाई पर मुक्का मारकर कहा—"हमसे हमारी किस्मत कोई नहीं छीन सकता।" उसकी आंखों में नरमाहट आ गई। उसने प्यार से अपना हाथ जुआना के कन्धे पर रख दिया—"मेरी बात मान ले।" वह बोला—"मैं मर्द हं।" और उसके चेहरे पर काइयांपन उतर आया।

"कल सुबह ही हम अपनी डोंगी उठाएंगे और दोनों सागर के पार पहाड़ों के पार राजधानी को चलेंगे। कोई हमें यों ठग नहीं सकता। मैं मर्द-बच्चा हूं।"

"किनो !" भरीए गले से ज़ुआ कहने लगी—"मुझे डर लगता है। मर्द मारे भी तो जाते हैं। हम इस मोती को समुद्र में ही फेंक दें तो अच्छा है।"

"चोप!" किनो ने दहाड़कर डांट दिया—"मैं मर्द-बच्चा हूं। अब चुप हो जा।" जुआना चुप हो गई, क्योंकि इस बार किनो के स्वर में आदेश था। वह बोला—"अब थोड़ी-सी देर सो लें। सुबह तड़के ही हम लोग निकल चलेंगे। मेरे साथ जाने में डर तो नहीं लगता न?"

"नहीं स्वामी, नहीं।"

तब किनो की आंखें ज़ुाना के प्रति नरमी और प्यार से भर आई। उसका गाल थपथपाकर बोला—“अच्छा, अब चल, थोड़ा-सा सो लें।”

5

मुर्गे की पहली बांग से पहले ही कृष्ण पक्ष का चांद आसमान में उठ आया था। किनो को अपने पास ही कुछ आहट-सी लगी तो अंधेरे में ही उसकी आंखें खुल गईं। वह ज़रा भी हिले-डुले बिना, बस, आंखों से इधर-उधर टटोलता रहा। फूस की झिरियों से आती पीली-पीली चांदनी में किनो ने देखा, जुआना चुपचाप उसकी बगल से उठी और चुपके से चूल्हे की तरफ बढ़ी। ऐसे दबे पांव, सावधानी से वह यह सब कर रही थी कि जब उसने चूल्हे का पत्थर उठाया तो बहुत ही बेमालूम-सी आहट सुनाई पड़ पाई। फिर छाया की तरह वह दरवाजे की ओर सरकी। पालने में लेटे कोयोतितो के पास आकर वह पल-भर को ठिठकी, फिर ज़रा-सी देर को दरवाज़े में काली-काली छाया दीखी और निकल गई।

गुस्से से किनो का सिर भन्ना उठा। पांव समेटकर उठा, और उसी तरह चुपके-चुपके उसके पीछे हो लिया। सागर-तट की ओर तेज़ी से लपकते कदमों की आवाज सामने सुनाई पड़ रही थी। शीघ्र ही उसने जुआना को जा पकड़ा। उसकी आंखों में ख़ून उतर आया था। झप से वह झाऊ की झाड़ियों से बाहर निकलकर पत्थरों पर लुढ़कती-पुढ़कतीपानी की ओर बढ़ ही रही थी कि उसने किनो के आने की आवाज़ सुन ली। अब वह दम छोड़कर दौड़ पड़ी। जैसे ही

फेंकने के लिए उसने हाथ ऊंचा किया कि किनो ने उछलकर उसे जा दबोचा और जोर से उसकी बांह मरोड़कर मोती हाथ से छीन लिया। दांत भींचकर ज़ोर का एक मुक्का जो मुंह पर मारा तो वह पत्थरों पर जा पड़ी। उसने दो ठोकरें और ऊपर से जड़ दीं। पीली-पीली चांदनी में उसने देखा, छोटी-छोटी लहरें उसपर छहराती हुई चढ़ रही हैं और लहंगा पानी पर तैर आया है। पानी के लौटने के साथ लहंगा टांगों पर लिथड़ गया।

किनो ने नीचे पड़ी जुआना को देखा, गुस्से से उसके दांत बाहर निकल आए थे और वह सांप की तरह फुफकार रहा था। धरती पर पड़ी जुआना, कसाई के सामने पड़ी भेड़ की तरह फटी-फटी बेखौफ आंखों से उसे ताक रही थी। वह जानती थी कि उसपर हत्या सवार है; और गलती भी उसकी नहीं। उसके क्रोध को उसने स्वीकार कर लिया था। प्रतिकार और विरोध, उसने कुछ भी नहीं किया। तब उसका गुस्सा उतर गया और एक रुग्ण-वितृष्णा से उसका मन भर उठा। वह उधर से पलटा और किनारे-किनारे होता हुआ भाऊ की झाड़ियों के बीच से लौटने लगा। उद्वेग और उत्तेजना ने उसकी चेतना को निस्पन्द और कुन्द कर दिया था।

उसे फिर कुछ भाग-दौड़-सी सुनाई पड़ी तो झपाक् से चाकू निकाल लिया और एक काली छाया पर टूट पड़ा। उसे लगा कि चाकू किसीके शरीर में उतर गया है। तभी उसके पांव उखड़ गए, पहले घुटनों के बल गिरा, फिर धरती पर लुढ़कने लगा। किसीकी ललचाई उंगलियां जल्दी-जल्दी उसके कपड़ों को टटोलने लगीं। उन भूखी उंगलियों ने उसकी अच्छी तरह तलाशी ली—लेकिन इस छींना-झपटी में मोती उसके हाथ से छूटकर पगडण्डी के एक पत्थर के पीछे पड़ा-पड़ा आंखें मट काता रहा और मधुर चांदनी में झिलमिल-झिलमिल करता रहा।

जुआना पानी के किनारेवाली चट्टानों पर जैसे-तैसे अपने आपको घसीटती चल रही थी। उसके चेहरे पर पथराया दर्द था और एक तरफ की पसली टीस रही थी। घुटनों को कड़ा करके उसने संभलने की कोशिश की तो लहंगा शरीर से चिपक गया। किनो के लिए मन में कहीं गुस्सा नहीं था। उसने कहा था—'मैं मर्द हूं।' जुआना के लिए इस शब्द के कुछ विशेष अर्थ थे। आशय था कि वह आधा पागल, झंक्की और आधा देवता है। प्राशय था कि किनो पहाड़ से टक्कर ले सकता है और सागर को मथ सकता है। और नारी-मन में जुग्राना यह भी जानती थी कि पहाड़ का कुछ नहीं बिगड़ेगा, लेकिन आदमी टूट जाएगा। सागर वैसे ही लहरें लेता रहेगा और आदमी डूब जाएगा। मगर यही तो ज़ोम था जिसके कारण वह मर्द था—आधा पागल और प्राधा देवता था। और जुआना को मर्द की ज़रूरत थी, मर्द के बिना वह रह नहीं सकती थी। हालांकि आदमी और औरत के अन्तर की इस पहेली में उलझकर शायद उसका दिमाग चक्कर खा जाता, लेकिन वह उसे समझती थी, स्वीकार करती थी और उसे ये अन्तर आवश्यक लगते थे। इसमें तो कोई सन्देह ही नहीं कि किनो जैसा कहेगा, वह वही करेगी। आखिर औरत के गुण, उसका विवेक, चौकन्नापन, सावधानी और कल्याण की भावना, किनो के इस 'मर्दपने' को तोड़कर उसके भीतर तक पैठ ही जाएंगे और इससे सबका कल्याण होगा। वह बड़े कष्ट से उठ खड़ी हुई, दोनों हाथों का चुल्लू बनाकर छोटी-छोटी तरंगों से पानी लिया और चुनचुनाते खारे पानी से अपना खरोंचे लगा मुंह धो डाला था। वह किनारे पर घिसटती हुई किनो के पीछे चल रही थी।

नन्ही-नन्ही मछलियों जैसे बादलों की एक पट्टी दक्षिणी आकाश से उठकर ऊपर घिर आई थी। बादलों के चकत्तों में कभी

चांद डूब जाता और कभी बाहर निकल आता। जुआना कभी छाया में चलती, कभी चांदनी में। दर्द से उसकी पीठ झुकी जा रही थी और सिर झूल रहा था। जब वह झाऊ की झाड़ियों में होकर चल रही थी तो चांद ओट में था। जैसे ही बादलों के पीछे से बाहर आया कि निगाह पगडण्डी पर पत्थर के पीछे मोती की जगमगाहट पर जा पड़ी। धप् से घुटनों के बल झुककर मोती उठा लिया। चांद फिर बादलों के पीछे अंधेरे में चला गया। घुटनों के बल बैठी-बैठी जुबाना सोचने लगी कि अपना काम पूरा करने के लिए वापस सागर-तट पर लौटे या नहीं। वह इसी उधेड़-बुन में थी कि चांदनी फिर निकल आई। उसने देखा—सामने पर रास्ते में दो काला-काली छायाएं धरती पर पड़ी हैं। झपटकर आगे बढ़ी। उनमें एक तो किनो ही था, दूसरा कोई अपरिचित था। उसके गले से काला-काला चमकीला तरल-पदार्थ धारी बनाकर बह रहा था।

बड़ी मुश्किल से जैसे-तैसे किनो हिला। उसके हाथ-पांव कुचली हुई कलीली की तरह छटपटाए, गले से भारी-सी घरघराहट निकली और क्षण-भर में जुआना की समझ में आ गया कि पुरानी जिन्दगी अब हमेशा के लिए विदा ले चुकी है। पगडण्डी पर पड़ा हुआ एक मरा आदमी, और खून से काला पड़ा, पास ही गिरा किनो का चाकू—उसकी समझ में सारी बात आ गई। इस बीच सारे समय जुआना भरसक यही कोशिश करती रही थी कि जैसे भी हो मोती पाने के पहलेवाले सुख-चैन का कुछ अंश ही किसी तरह वापस मिल जाए, कुछ बचा लिया जाए। लेकिन अब तो सब चला गया, उसका कुछ भी हाथ नहीं आएगा। और जैसे ही यह बात उसकी समझ में आई, उसने झटके से सारे अतीत का मोह त्याग दिया। अब तो अपनी जान बचाने के सिवा कोई चारा नहीं है।

उसका दर्द और जड़ता सब उड़ गए। फुर्ती से उस मरे आदमी की

लाश को रास्ते से घसीटकर झाऊ के पीछे डाल दिया। फिर किनो के पास जाकर भीगे लहंगे से उसका चेहरा पोंछा। वह होश में आ रहा था और कराहने लगा था।

"मेरा मोती छीन ले गए राक्षस। जुआना, मोती हाथ से चला गया। सारा खेल खत्म हो गया।" वह कहने लगा—"मोती चला गया।"

जुबाना ने उसे इस तरह पुचकारकर चुप किया जैसे किसी बच्चे को चुप कर रही हो। बोली—"चुप-चुप। देखो, यह रहा तुम्हारा मोती। रास्ते में पड़ा मिला था।कुछ सुनाई दे रहा है? यह रहा तुम्हारा मोती। समझ में आया? लेकिन तुमने एक आदमी की जान ले ली है। अब हमें भागना पड़ेगा। लोग हमें पकड़ने आएंगे। कुछ समझ रहे हो? दिन निकलने से पहले ही हमें निकल चलना चाहिए।"

"मेरे ऊपर वार किया था।" किनो ने बेचैनी से बताया—"मैंने तो अपनी जान बचाने को मारा था।"

"कल की बात याद है?" जुआना ने पूछा-—"तुम्हारे खयाल से वे मान जाएंगे? कस्बे के लोगों को भूल गए हो क्या? सोचते हो, तुम्हारी इस सफाई का उनके ऊपर कुछ असर पड़ेगा?"

किनो ने गहरी सांस खींची और कमज़ोरी परे झटककर फेंक दी। बोला—"नहीं। कोई नहीं सुनेगा। तू ही सच कहती है।" उसका शरीर और संकल्प फिर कठोर हो आए और अब वह फिर से वही पुराना मर्द था।

"घर जाकर कोयोतितो को उठा ला।" उसने जुआना से कहा—"और जितना भी अन्न घर में हो, सब उठा लाना। मैं डोंगी को पानी में खींचता हूं। हम लोग अभी निकल चलते हैं।"

उसने अपना चाकू उठाया और चल पड़ा। लड़खड़ता, टकराता

वह किनारे की ओर बढ़ा और डोंगी के पास आ पहुंचा। जैसे ही चांदनी फिर से साफ हुई तो उसने देखा, डोंगी के पैंदे को तोड़कर बड़ा-सा छेद बना है। अब तो वह गुस्से से जैसे भनभना उठा। शरीर में नई ताकत आ गई। अंधियारा उसके परिवार को लीलने बढ़ा चला आ रहा था, दुष्ट संगीत रात में यहां से वहां तक गूंज उठा था-पेड़ों के झुरमुटों पर झूल रहा था और लहरों की धड़कनों में चिचिया रहा था। उसके बाप-दादों की डोंगी, जिसमें जाने कितनी बार मसाला चढ़ा है, और आज उसीको कोई यों फोड़ गया है। ऐसा पाप तो कल्पना के बाहर की चीज़ है। आदमी की हत्या इतना बड़ा पाप नहीं, जितना नाव की हत्या करना। क्योंकि नाव के तो बेटे भी नहीं होते, न वह अपना खुद बचाव कर पाती है। घायल हो जाने पर आदमी की तरह उसका घाव भी नहीं भरता। किनो के गुस्से में व्यथा थी। लेकिन इस आखिरी चोट ने तो उसके कलेजे को ऐसा पत्थर कर दिया कि अब उसे संसार की कोई चीज़ नहीं तोड़ सकती थी। अब वह सिर्फ एक जानवर रह गया था, जिसे कहीं अपना सिर छिपाना था, ज़रूरत पर हमला करना था और सिर्फ अपने परिवार को बचाने के लिए जिन्दा रहना था। उसके सिर में दर्द हो रहा था, लेकिन उसे इसका होश ही नहीं था। वह किनारे से कूदता-फांदता, झाऊ वन होता हुआ घर की ओर लपका। उसे यह सूझा ही नहीं कि किसी पड़ौसी डोंगी को ले ले। जिस तरह नाव तोड़ने की बात उसके दिमाग के बाहर थी, उसी तरह किसी दूसरे की डोंगी ले लेने की बात भी उसके मन में आई ही नहीं।

मुर्गे बांग देने लगे थे। पौ फटने में देर नहीं थी। सुबह के चूल्हों का धुआं झोंपड़ियों की दीवारों से छन-छनकर निकलने लगा था और मकई की रोटी सिंकने की पहली गंध हवा में तैर रही थी।

सुबह की चिड़ियों ने झाड़ियों में जाने कब इस डाल से उस डाल पर फुदकना शुरू कर दिया था। निस्तेज चन्द्रमा का प्रकाश फीका पड़ने लगा था और दक्षिण की ओर बादल गाढ़े होकर तह पर तह जमाने लगे थे। खाड़ी में बड़ी व्याकुल घबराई-सी तेज़ हवा, आंधी के आसार लिए अभी-अभी चलने लगी थी। हवा में बेचैनी और परिवर्तन के लक्षण थे।

अपने घर की ओर जल्दी-जल्दी कदम बढ़ाते हुए किनो के मन में उल्लास की लहरें उठ रही थीं—अब कहीं कोई झमेला नहीं था, अब तो एक ही काम करना था। किनो का हाथ पहले तो कमीज़ में रखे उस दुर्लभ मोती पर गया, फिर कमीज़ में झूलते चाकू पर।

सामने उसे हल्का उजाला दिखाई दिया ही था कि अंधेरे में, आग का भभूका-सा ऊपर आसमान की ओर उठा, कड़-कड़ करती आवाज़ आई और आग की विराट होली से सारा रास्ता भकभका उठा। किनो दम छोड़कर दौड़ा। वह जानता था कि यह उसीकी झोंपड़ी जल रही है। और झोंपड़ियों का क्या है, देखते-देखते जल जाती हैं, इस बात को भी वह जानता था। वह भागा जा रहा था कि एक हड़बड़ाती छाया उसकी ओर दौड़ती आती दीखी—यह जुआना थी। गोदी में कोयोतितो था और किनो का दुशाला हाथ में लिए थी। बच्चा डर के मारे हिचकियां लेकर रो रहा था। किनो ने देख लिया कि घर चला गया है। उसने जुआना से कोई सवाल-जवाब नहीं किया। उसे पता था, फिर भी जुआना ने बताया-"घर सारा तोड़-फोड़ डाला था और फर्श खुदा पड़ा था। पालने तक को उलटा पटक गए थे। मैं भीतर जाकर यह सब देखने में लगी थी कि बाहर से आग लगा दी।"

जलते हुए घर की भीषण लपट किनो के चेहरे को प्रचण्ड रूप से

दीप्त कर रही थीं। उसने पूछा—"कौन था?"

"पता नहीं।" जुआना ने जवाब दिया—"वही राक्षस होंगे।"

पड़ौसी लोग गिरते-पड़ते अपनी-अपनी झोंपड़ियों से बाहर निकल आए थे और उछलती हुई चिनगारियों को ताक रहे थे। जैसे ही कोई अंगारा गिरता कि पांव से कुचल देते ताकि अपने घर पर आच न आए। हठात् किनो भयभीत हो उठा। रोशनी ने उसे भयभीत कर दिया और पगडण्डी के किनारे झाड़ी में मरे पड़े आदमी का उसे ध्यान हो आया। उसने ज़ुआना को बांह से खींचकर रोशनी से परे एक घर की आड़ में कर लिया, क्योंकि रोशनी से उसे भी तो खतरा था।क्षणभर वह सोच-विचार करता रहा, फिर आड़ ही आड़ में होता हुआ अपने भाई जुआन टामस के घर पर आ गया। चुपके से अन्दर घुसकर पीछे से ज़ुआा को भी खींच लिया। बाहर बच्चों की चिल्ल-पों और पड़ौसियों की चीख-पुकार सुनाई दे रही थी। उसके मित्रों का खयाल था कि वह जलते घर के अन्दर ही फंसा रह गया है।

जुआन टामस का घर हू-ब-हू किनो के घर जैसा था। सारी ही झोंपड़ियां एक जैसी थीं। और सभी की झिरियों से हवा और रोशनी आती। इसलिए भाई के घर में, एक कोने में बैठे ज़ुआना और किनो को दीवार के उस ओर से छलांगें लगाती लपटें साफ दिखाई दे रही थीं। उन्होंने देखा कि लपटें ऊंची और क्रोधोन्मत्त होती चली जा रही हैं, फिर उन्हें छत गिरती दिखाई दी, फिर देखते ही देखते आग इस तरह ठण्डी हो गई जैसे फूस की आग प्रायः ठण्डी हो जाती है। दोस्तों की सावधान करती और खतरे से चेताती आवाजें सुनाई दे रही थीं। ज़ुआन टामस की पत्नी अपोलोनियां की चिचियाती, प्रचण्ड दहाड़ें सुनाई दे रही थीं। वह सबसे पास की औरत रिश्तेदार थी, इसलिए परिवार के मरनेवालों के लिए ज़ोर-जोर से बाकायदा

स्यापा कर रही थी।

अचानक अपोलोनियां को लगा कि उसकी ओढ़नी सबसे अच्छीवाली नहीं है, कुछ कम अच्छीवाली हैं। सबसे अच्छी और नई ओढ़नी लेने वह घर की ओर लपकी। दीवार के सहारे की सन्दूक खोल ही रही थी कि किनो का निरुद्विग्न स्वर सुनाई दिया—"प्रोपोलोनियां भाभी, रोओ मत, हमें कुछ भी नहीं हुआ है।"

"अरे, तुम यहां कहां?" उसने चौंककर पूछा।

"बहस मत करो।" किनो ने कहा—"जाकर पहले जुआन टामस को बुला लाओ। और देखो भाभी, हमारे हित के लिए यही ज़रूरी है तुम किसी से कुछ भी मत बताना।"

असहाय से हाथ सामने फैलाए वह ठिठक गई। फिर बोली—"बहुत अच्छा देवर।"

कुछ देर में ही उसके साथ जुआन टामस भी आ पहुंचा। उसने एक मोमबत्ती जलाई, और इन लोगों के पास ही चला आया। ये लोग एक कोने में सिमटे-सिमटाए बैठे थे। बोला—"अपोलोनियां, दरवाजे पर निगाह रखना। किसीको भीतर मत आने देना।" जुआन टामस बड़ा था, इसलिए अब अधिकार से उसने पूछा"हां तो भाई..."

किनो ने बताया—"अंधेरे में छिपकर मेरे ऊपर किसी-ने हमला किया। लड़ाई में मैंने एक का काम तमाम कर दिया।"

'कौन था?" फौरन ही जुबान टामस ने सवाल किया।

"मुझे नहीं मालूम। चारों ओर अंधेरा ही अंधेरा था। और उस घुप अंधेरे में वह व्यक्ति भी अंधेरे की बनी छाया जैसा ही लगता था।"

"यह मोती की करामात है।" जुआन टामस ने कहा—"उस मोती में शनि का वास है। बेच-बाचकर इस शनि से भी छुट्टी पा

लेते।चाहो तो अभी भी बेचकर अपने लिए चैन और शान्ति खरीद लो।"

"खूब," किनो बोल उठा—"अरे भैया, मेरी जो बेइज्जती की गई है, उसके सामने मेरी ज़िन्दगी कुछ भी नहीं है। बड़ी गहरी चोट मुझपर पड़ी है। वहां किनारे पर मेरी नाव तोड़ दी, मेरा घर, यहां सामने ही फूंक-फांक दिया, और उधर झाड़ी में एक आदमी मरा पड़ा है। अब तो कोई रास्ता दिखाई ही नहीं देता। भैया, हमें छिपा लो।"

बड़े गौर से किनो देख रहा था कि भाई की आंखों में गहरी चिन्ता के बादल घिर आए हैं। लगा, शायद वह इनकार कर दे। जल्दी से आगे बोला—"बहुत दिनों को नहीं, सिर्फ यह दिन बीत जाए और रात हो जाए तो हम लोग खुद चले जाएंगे।"

"हां, हां, मैं तुझे छिपा लूंगा।" ज़ुआन टामस ने जवाब दिया।

"तुम्हारे ऊपर मैं कोई मुसीबत नहीं लाना चाहता।' किनो ने कहा—"मुझे पता है, मैं कोढ़ जैसा खतरनाक हूं। आज रात को चला जाऊंगा, फिर तो तुम्हारा बाल-बांका भी नहीं होगा।"

'मैं तुझे बचाऊंगा।" कहकर उसने अपोलोनियां से कहा—"दरवाज़ा बन्द कर ले और खबरदार जो मुंह से एक शब्द भी निकाला कि किनो यहां है।"

घर के अन्दर अंधेरे में वे लोग सांस रोके चुपचाप बैठे रहे। अपने बारे में बातें करते पड़ौसियों का स्वर उन्हें सुनाई देता रहा। झोंपड़ी की दीवारों से लम्बे बांस लेकर, राख में उनकी हड्डियां तलाश करते पड़ौसी लोग दिखाई दे रहे थे। ज़ुआन टामस के घर घुटनों में सिर दिए बैठे हुए उन्होंने सुना, नाव के टूटने की खबर से किस तरह पड़ौसियों के बीच, दिली चोट की लहर फैल गई। पड़ौसियों को शक न हो, इसलिए ज़ुआन टामस भी उनमें जाकर

शामिल हो गया था और किनो, जुआना और बच्चे के साथ क्या-क्या बीत सकता है, इस बारे में अपनी धारणाएं और तरह-तरह के अनुमान बताता रहा। एक से उसने कहा—"मुझे तो लगता है, उनपर जो आफत आई हुई थी, उससे बचने के लिए वे किनारे-किनारे दक्षिण की तरफ निकल गए हैं। दूसरे को बताया—"किनो से समुद्र कभी नहीं छूटेगा। हो सकता है, उसे कोई दूसरी नाव मिल गई हो।" साथ ही जड़ दिया—"मारे दुःख के अपोलोनियां तो बेहाल हो गई। घर में बीमार.पड़ी है।"

और उस दिन खाड़ी को कूट डालने के लिए हवा कमर कसे चल रही थी, पानी के किनारे लगे सिवार और मोथे, उखड़-पुखड़ कर बिखर गए थे, और झोंपड़ियों में होकर आंधी चीत्कार करती घूम रही थी। सागर में कोई नाव सुरक्षित नहीं थी। अब जुआन टामस ने पड़ौसियों को बताया, "किनो तो सदा को ही चला गया समझो। समुद्र के ज़रिये गया होगा तो ज़रूर कहीं डूब-डाब गया होगा।" और जितनी बार वह पड़ौसियों के पास जाता, कुछ न कुछ सामान उधार मांग लाता। एक बार चटाई का बुना छोटा-साथैला लाया, उसमें लाल मटर भरे थे, साथ में तूंबा-भरे चावल थे। सुखाई हुई काली मिर्चों की कटोरी और नमक का ढेला उधार मांग लाया—फिर काम-काज करने का अट्ठारह इंची भारी-सा चाकू उठा लाया। चाकू क्या,छोटी-मोटी कुल्हाड़ी ही था। हथियार का हथियार और औज़ार का औज़ार। चाकू देखते ही किनो की आंखों में चमक आ गई। प्यार से उसने फाल पर हाथ फेरा, अंगूठा रखकर धार को जांचा।

खाड़ी के पानी पर आंधी हू-हू करती दौड़ रही थी, और पानी को मथकर सफेद भागों से भर दिया था। पेड़ों ने सहमे हए जानवरों की तरह

धरती में सिर गड़ा लिए थे। ज़मीन से महीन रेत के बगूले उड़ रहे थे और समुद्र के ऊपर दमघोंटू बादल बनकर छाए हुए थे। आंधी ने इन बादलों को खदेड़ भगाया था, आसमान को झाड़पोंछकर साफ कर दिया था और रेत को बरफ के ढेर की तरह एक ओर सरका दिया था।

जब रात होने लगी तो जुआन टामस देर तक भाई से बातें करता रहा—"जाएगा कहां?"

"उत्तर को चला जाऊंगा।" किनो ने बताया—"सुना है, उत्तर में बहुत-से शहर हैं।"

"समुद्र के किनारे से बच-बचकर जाना।" वह बोला—"सागरतट पर तलाश करने के लिए वे सब लोग एक दल बना रहे हैं। कस्बे के लोग तो घात में ही रहेंगे। मोती तो तेरे ही पास है न?"

"हां, मेरे पास है।" उसने जवाब दिया—"और इसे मैं अपने पास ही रखूंगा। पहले मैं इसे शायद पूजा में भेंट की तरह दे भी देता, लेकिन अब तो यह मेरा दुर्भाग्य, मेरी ज़िन्दगी बन गया है। इसलिए मैं ही इसे अपने पास रखूंगा।" उसकी आंखें कठोर, बेरहम और तीखी हो उठीं।

कोयोतितो कुनमुनाने और ठुनकने लगा तो उसे चुप करने को जुआना ने मुंह ही मुंह में कुछ मन्त्र-टोटके पढ़ने शुरू कर दिए।

"इस वक्त आंधी का चलना ठीक है।" जुबान टामस ने बताया—"पीछे कोई निशान ही नहीं बचेगा।"

चांद उगने से पहले ही, अंधेरे में ये लोग चुपचाप निकल पड़े। बड़े कायदे से सारा परिवार जुआन टामस के घर खड़ा था। ओढ़नी से लिपटे, झूलते कोयोतितो को जुआना अपनी पीठ पर लिए थी। जुआना के कन्धे के साथ उसकी कनपटी एक ओर टिकी थी और बच्चा सो गया था। ओढ़नी से बच्चा ढका था और उसका एक छोर

रात की दुष्ट हवा से बचाव करने के लिए तिरछा आकर जुआना की नाक को ढके था। जुआन टामस ने भाई को दो बार बांहों में भरकर छाती से लगाया और उसके दोनों गालों को चूमकर कहा—"खुदा हाफिज।" लगा जैसे किसीके मरने पर कहते हों—"तो तुम मोती का मोह नहीं छोड़ोगे?"

किनो ने जवाब दिया—"भैया, यह मोती मेरी आत्मा बन गया है। अगर इसे छोड़ दूंगा तो अपनी आत्मा गंवा दूंगा। अच्छा, तुम्हारा भी खुदा हाफिज़।"

6

भयानक और प्रचण्ड आंधी चल रही थी और शाखें-टहनियां, धूल, कंकड़ आ-आकर उन्हें लग रहे थे। जुआना और किनो कसकर कपड़ों को शरीर पर लपेटे थे, नाक ढकी थी और बाहर दुनिया में निकल पड़े थे। आंधी ने आसमान को धो-पोंछकर साफ कर दिया था और तारे काले आसमान में निरपेक्ष जड़ भाव से चमक रहे थे। दोनों बड़ी सावधानी से चल रहे थे। कस्बे के बीचवाले हिस्से को बचाते हुए घूमकर निकले थे। कौन जाने पेली में सोया हुआ कोई उन्हें देख-दाख ही ले। रात होते ही कस्बा अपने-आपको समेटकर सिकोड़ लेता था, सब अपने-अपने घरों को बन्द कर लेते थे। इसलिए अंधेरे में किसी भी चलते-फिरते आदमी की ओर फौरन ध्यान चला जा सकता था। किनो बस्ती के किनारे-किनारे घूमकर उत्तर की ओर मुड़ पड़ा था। सितारों के सहारे उत्तर दिशा खोजता हुआ। आगे पहियों की लीकवाला दगरा पकड़ लिया जो झाऊ के

जंगलों में होकर लोरेटो की तरफ जाता था। वहीं तो सिद्ध 'कुमारी' का पीठ है।

अपने टखनों पर उड़ती रेत के थपेड़े महसूस करके किनो बड़ा खुश हो रहा था। अब पीछे पैरों के निशान नहीं छुटेंगे—रेत उन्हें भर देगी। तारों की मद्धिम रोशनी, झाऊदार जंगलों के बीच संकरा रास्ता दिखाती चल रही थी। अपने पीछे आती जुआना के पैरों की धप्-धप् किनो को सुनाई पड़ रही थी। वह चुपचाप और फुर्ती से चला जा रहा था, जुआना को उसका साथ रखने के लिए बीच-बीच में दौड़ना पड़ता था।

किनो के भीतर कुछ पुराना और आदिम तत्त्व कसमसा रहा था। अंधकार और निशाचरों के डर को चीरकर उल्लास का एक अजीब झोंका उसे रोमांचित कर जाता था। आदिम पशु का कोई तत्त्व था जो उसमें सक्रिय हो उठा था और वह निहायत सावधान, चौकन्ना और खूंखार हो उठा था, पुराने युग के पुरखों का कोई तत्त्व था जो उसमें भी जाग उठा था। आंधी अब उसकी पीठ पर थी और सितारे रास्ता दिखा रहे थे। आंधी झाऊ में हू-हू करती चीत्कार करती रही और परिवार एक के बाद दूसरा घण्टा, एक ही गति से लगातार चलता रहा। न रास्ते में कोई मिला और न ही किसीने उन्हें देखा। और आखिर दाहिनी ओर पीला-पीला चांद उठने लगा। जब ऊपर आ गया तो आंधी अपने-आप ठण्डी पड़ गई—और धरतीमैदान सब शान्त हो गए।

अब इन्हें अपने सामने जाती सड़क और पहियों की गहरी चली जाती लीकें साफ-साफ नज़र आने लगीं। आंधी के जाने के साथ ही पैरों के निशान छूटने लगेंगे। लेकिन अब तो कस्बे से दूर भी काफी निकल आए हैं। हो सकता है, उनके निशानों पर किसीका ध्यान ही न जाए। किनो बड़ी होशियारी से पहिये की गाड़ (लीक) में पांव रख-रखकर चल रहा था और जुआना ठीक उसी तरह अनुसरण कर रही थी। सुबह कोई

भारी-सी गाड़ी कस्बे की ओर जाएगी तो पैरों के रहे-सहे निशान मिट जाएंगे।

सारी रात दोनों चलते रहे आर उन्होंने चाल में कोई फर्क नहीं आने दिया। एक बार कोयोतितो जाग गया तो जुआना ने उसे उठाकर सामने की ओर ले लिया और दुलार-पुचकारकर फिर से सुला दिया। रात में घूमनेवाले दुष्ट जीव उनके चारों ओर घिरे थे। झाऊ के भीतर सियार और भेड़िये चीखते और हंसते थे, ऊपर उनके सिरों पर उल्लू चीख मार उठते और सूं-सूं करने लगते थे। एक बार कोई बड़ा-सा जानवर भी झूमता-झामता सामने से गुज़र गया—उसके 'पैरों के नीचे के घास-फूस चटर-चटर कर रहे थे। किनो की मुट्ठी लम्बे चाकू पर कस गई। चाकू का साथ होना उसे बड़ा सहारा और सुरक्षा की भावना दे रहा था।

मोती का संगीत किनो के मन में अब विजेता बनकर गूंज रहा था और परिवार की प्रशान्त रागिनी संगत कर रही थी, और धूल 'पर पड़ती धीरे-धीरे थप्-थप् करती कदमों की लय के साथ-साथ दोनों चले जा रहे थे। सारी रात चल चुकने पर पौ फटने के साथ ही सबसे पहले किनो ने आसपास किसी आड़वाली जगह की तलाश करनी शुरू कर दी—ताकि दिन में वहां पड़ रहा जाए। सड़क के 'पास ही किनो को एक ऐसी जगह दीख गई। सड़क के किनारेवाले सूखे खंखड़ पेड़ों की घनी आड़ के पीछे ही एक छोटी-सी खुली जगह थी। यहां शायद हिरन लोट लगाते होंगे। यहां आते समय सीधी सड़क से हटकर जो पैरों के निशान बन गए थे, उन्हें एक टहनी लेकर किनो ने सावधानी से झाड़कर मिटा दिया। तभी, सुबह की पहली किरण के साथ ही उसने एक गाड़ी के आने की खड़-खड़ सुनी। वह सड़क के किनारे ही नीचे झुककर छिप गया। देखा, एक भारी-सी बैलगाड़ी

सामने से निकली—उसमें दो सूखे-मुर्झाए-से बैल जुते थे। जब यह दूर जाकर आंखों से ओझल हो गई तो किनो ने फिर सड़क पर जाकर पहिये की गाड़ में देखा—पैरों के निशान मिट गए थे। उसने फिर अपने निशान झाड़कर मिटा दिए और ज़ुआआ के पास लौट आया।

जुआना ने उसे, अपोलोनियां द्वारा रास्ते के लिए बांधी मकई की मुलायम रोटियां खाने को दी। फिर कुछ देर बाद उसे नींद आ गई। लेकिन किनो धरती पर बैठा-बैठा सामने की ज़मीन को अपलक देखता रहा, और चींटियों के एक छोटे-से जत्थे को जाते देखता रहा। जत्था उसके पैर के पास आ गया तो उसने रास्ते में पांव रख दिया। चींटियों की पांत उसके पंजों के ऊपर से होकर चलते देखता रहा।

सूरज ऊपर आकर तपने लगा था।अब ये लोग खाड़ी से काफी दूर थे—इसलिए लू चल रही थी। गर्मी से भाऊ तनकर सख्त हो गए थे और उनसे सोंधी गंध निकल रही थी। जुआना की नींद टूटी तो सूरज सिर पर आ गया था। किनो उसे वो बातें बताने लगा था जिन्हें वह पहले से ही जानती थी।

"उस तरह के पेड़ से होशियार रहना।" उंगली से इशारा करके उसने बताया—"छूना नहीं। अगर उसे छूकर आंखों को हाथ लग गए तो अंधी हो जाएगी। और देख, उस सामनेवाले पेड़ से भी होशियार रहना। उसमें खून जैसा लाल-लाल पानी टपकता है। अगर उसकी डाली तोड़ेगी तो उससे खून बहने लगेगा। यह बड़ा भारी असगुन माना जाता है। आफत आती है।" उसने हामी भरी और मुस्कराने लगी। ये सब बातें तो उसे पहले से ही पता हैं।

उसने पूछा—"वो लोग हमारा पीछा तो नहीं करेंगे? तुम्हारा क्या खयाल है, हमें खोजने की कोशिश करेंगे वो लोग?"

"ज़रूर करेंगे।" किनो ने जवाब दिया—"जो भी हमें पकड़ लेगा,

उसे मोती जो मिलेगा। अरे, वो तो हमें खोजने में ज़मीन-आसमान एक कर देंगे।"

जुआना कहने लगी—"शायद व्यापारी ठोक ही कहते थे। मोती कौड़ी कीमत का नहीं लगता। शायद हम लोगों को ही भ्रम हो गया है।"

किनो ने कपड़ों में हाथ डालकर मोती बाहर निकाल लिया और धूप में उसका जगमगाना देखता रहा। आखिर इसकी चमक उसकी आंखों में जलन पैदा करने लगी। बोला—"नहीं... अगर यह बेकार और किसी कीमत का न होता तो वो लोग इसे हमसे यों चुराने की कोशिश ही क्यों करते?"

"जिसने तुम्हारे ऊपर हमला किया था उसे पहचानते हो? व्यापारियों की करतूत है?"

"पता नहीं।" किनो ने कहा— 'मैं देख नहीं पाया।"

अपने सपने की खोज में उसने फिर मोती को गौर से देखा—"जब भी कभी यह बिकेगा, मैं एक बंदूक ज़रूर खरीदूंगा।" और मोती के चमकीले पानी में वह बंदूक का प्रतिबिम्ब तलाश करने लगा, लेकिन वहां केवल एक मुड़ी-तुड़ी-सी लाश धरती पर पड़ी दिखाई दी जिसकी गर्दन से चमकदार खून टपक रहा था। और तब वह जल्दी से कह उठा—"बहुत बड़े गिरजे में जाकर हम लोग शादी करेंगे।" और मोती में देखा, पिटा हुआ चेहरा लिए जुआना रात में घिसटती चली आ रही है घर की ओर। "हमारा मुन्ना ज़रूर पढ़ना-लिखना सीखेगा।" वह जैसे उन्माद में बोलता रहा। मोती की सतह पर, दवा के असर से कड़ा पड़ा हुआ, बुखार से तमतमाया कोयोतितो का चेहरा झांक रहा था।

किनो ने मोती वापस कपड़ों में ठूंस लिया। मोती का संगीत उसके कानों को बड़ा पाप और गुनाह से भरा लगने लगा जो कुटिल संगीत में

घुल-मिलकर एकाकार हो गया था।

धरती पर कड़कड़ाती धूप पड़ने लगी थी, इसलिए किनो और ज़ुआना झाऊ की पट्टीदार छांह के नीचे सरक गए। छोटी-छोटी भूरे रंग की चिड़ियां छांह में इधर-उधर फुदक रही थीं। दिन की गर्मी के बावजूद किनो सुस्ताने लगा। आंखें टोप से ढक लीं और मक्खियों से बचने के लिए दुशाला मुंह पर लपेट लिया तो नींद आ गई।

लेकिन ज़ुमाना की नींद उड़ गई थी। वह पत्थर की तरह चुप बैठी थी और उसका चेहरा एकदम भावहीन और शान्त था। जहां किनो ने मारा था वहां उसका मुंह अभी भी सूज रहा था। बड़ी-बड़ी मक्खियां उसकी ठोड़ी की चोट पर भनभना रही थीं। मगर वह पहरेदार की तरह निश्चल बैठी रही। कोयोतितो जागा तो उसने अपने सामने ज़मीन पर ही बैठा लिया और उसे हाथ-पांव चला-चलाकर खेलते देखती रही। वह उसकी ओर टुकुर-टुकुर देखकर मुस्कराया और गूं-गू करने लगा तो वह भी मुस्कराने लगी। ज़मीन पर पड़ी एक टहनी उठाकर वह उसे गुदगुदाने लगी, फिर पोटली से पानी निकालकर उसे पानी पिलाया।

सोते हुए कोई सपना देखकर किनो कुनमुनाया और घरघराई आवाज़ में बर्राने लगा। उसने हाथ को इस तरह झटका दिया जैसे किसीसे लड़ाई कर रहा हो। फिर वह कराहने लगा और अचानक झटके से उठ बैठा। आंखें फैली हुई थी और नथुने फड़क रहे थे। कानों में सिर्फ कड़कती धूप और दूर की सांय-सांय ही सुनाई दे रही थी—और वह कान खड़े करके उसे ही सुनने लगा।

"क्या बात है?" ज़ुआना ने पूछा।

"चुप।" किनो बोला।

"सपना देख रहे थे क्या?"

"यही होगा।" लेकिन वह बहुत बेचैन-सा हो उठा था। जुआना ने सामान में से मकई की रोटी निकालकर दी तो उसे चबातेचबाते सहसा रुककर फिर सुनने लगा। बड़ा व्याकुल और घबराया हुआ-सा था। गर्दन घुमाकर कन्धे के ऊपर से देखा और बड़ावाला चाकू उठाकर उसकी धार पर उंगली फेरने लगा। ज़मीन पर बैठे. कोयोतितो ने गूं-गू किया, तो एकदम बोल उठा—"इसे चुप कर दे।"

"बात क्या है?"

"पता नहीं।"

वह फिर कानों पर जोर देकर सूनने लगा। आंखों में जानवरों जैसी हिंस्र चमक आ गई। फिर वह बहुत ही आहिस्ते से उठ खड़ा हुआ और नीचे झुका-झुका झाउओं में रास्ता बनाता सड़क की तरफ बढ़ने लगा। लेकिन सड़क पर न आकर एक कंटीले पेड़ की आड़ में खड़े होकर जिस रास्ते से आया था उधर आंखें गड़ा-गड़ाकर देखने लगा।

और तब उसकी निगाह दूर से चले आते लोगों पर पड़ी। शरीर तन गया और सिर गड़ाप् से नीचे करके, गिरकर नीचे लटकती हुई एक डाली के नीचे से झांक-झांककर देखने लगा। दूरी पर तीन छायाकृतियां दिखाई दे रही थीं, दो पैदल और एक घोड़े पर सवार। वह समझ गया कि ये लोग कौन हैं, और भय की एक ठंडी फुरहरी उसके शरीर में दौड़ गई। दूर होने के बावजूद उसने देख लिया कि पैदल चलनेवाले दोनों आदमी बहुत धीरे-धीरे, ज़मीन पर झुके-झुके चल रहे हैं। लो, उनमें से एक ठिठक गया, तब तक दूसरा भी पास आ गया। ये खोजिये थे। पथरीले पहाड़ों पर मेढ़ों के सुराग खोज निकालना इनके बायें हाथ का खेल था। शिकारी कुत्तों जैसी इनकी तेज़ निगाहें और घ्राण-शक्ति

थी। लो, शायद कहीं वह और ज़ुआना पहिये की लीक से बाहर चलने लगे होंगे, और मैदानों के रहनेवाले ये शिकारी, किसी टूटे तिनके, या ठोकर से बनी छोटीसी धूल की ढेरी को सूंघते-सूंघते पीछे लगे चले आ रहे हैं। उनके पीछे घोड़े की पीठ पर एक काला आदमी था, उसने कम्बल से नाक तक ढक रखी थी और रकाब के पास आड़ी बंदूक धूप में चमचमा रही थी।

किनो ठूंठ जैसा निर्जीव होकर पड़ा रहा। ऊपर की सांस ऊपर और नीचे की नीचे थी। उसकी निगाह उस जगह चली गई जहां निशान मिटाने के लिए उसने टहनी से झाड़ दिया था। झाड़ने के वे निशान भी तो इन खोजियों को पता देने को काफी होंगे। इन मैदानी शिकारियों को वह खूब जानता है। उस जगह पर जहां कोई शिकार नहीं मिलता, वहां भी ये लोग रह लेते हैं, क्योंकि शिकार को खोज निकालने की इनमें अद्भुत क्षमता होती है। और ये ही अब उसके शिकार पर निकल पड़े हैं। ये लोग धरती पर जानवरों की तरह फुदक-फुदककर चल रहे थे। अचानक इन्हें कोई निशान दीख जाता तो उसपर झुक पड़ते। इस बीच घोड़ेवाला खड़ा-खड़ा राह देखता रहता।

खाजी हल्के से इस तरह कुनमुना उठे,जैसे किसीके जाने के ताज़ा-ताजा छूटे निशानों को देखकर उत्तेजित कुत्ते बेचैनी से कुनमुना उठते हैं। किनो ने धीरे से चाकू खींचकर हाथ में पकड़कर तैयार कर लिया। क्या करना होगा, यह भी उसने तय कर लिया। अगर इन खोजियों को झाड़ी हुई जगह दीख जाती है तो वह उछलकर सबसे पहले घोड़ेवाले पर टूट पड़ेगा और फौरन उसका काम तमाम करके उसकी बन्दूक छीन लेगा। बस, यही रास्ता अब दुनिया में उसके लिए बचा है। जैसे-जैसे वे तीनों पास आते गए, वह चप्पल के अंगूठे से ज़मीन में छोटे-छोटे गड्ढे बनाता रहा, ताकि एकदम बिना जरा भी पता लगने दिए वह छलांग लगा दे और

उसके पांव रेत में न फिसलें। गिरी हुई डाली के पीछे उसे बहुत थोड़ा-सा ही क्षेत्र दीखता था।

उधर जुआना लौटकर छिपने की जगह पहुंची ही थी कि घोड़े की टापों की धप्-धप् सुनी। कोयोतितो गूं-गूं कर रहा था। उसने झट से उसे गोदी में उठाकर ओढ़नी से ढका और उसके मुंह में स्तन देकर चुप कर दिया।

जब खोजिये काफी पास आ गए तो गिरी हुई डाली के पीछे से किनो को उनकी और घोड़े की सिर्फ टागें-भर दिखाई देती थीं। किनो को इन आदमियों के काले-काले सींगों जैसे सख्त पांव और फटे-चिथड़े सफेद कपड़े दिखाई दे रहे थे। रकाब के चमड़े की चरमराहट और एड़ की झनन-भनन भी सुनाई पड़ रही थी। झाड़ी गई जगह आकर खोजिये रुके और गौर से जगह को जांचने लगे। घोड़ेवाला भी रुक गया। लगाम खींचकर घोड़े ने ज़ोर से गर्दन झटकी और लगाम का लोहा उसकी ज़बान के नीचे दांतों में कड़-कड़ बोला। घोड़ा ज़ोर से हिनहिनाया तो खोजियों ने मुड़कर घोड़े को गौर से देखा और खास कर उसके कानों की तरफ ध्यान दिया।

किनो की सांस बन्द थी, लेकिन उसकी पीठ तनकर धनुष की तरह खिंच गई थी और तनाव के मारे शरीर की मांसपेशियां, हाथ-पांव ऐंठकर बाहर निकले पड़ रहे थे और ऊपर के होंठ पर पसीने की धारी बह आई थी। देर तक खोजिये सड़क पर झुके खड़े रहे, फिर धीरे-धीरे ज़मीन जांचते हुए आगे बढ़ गए। घुड़सवार भी पीछे-पीछे चल रहा था। खोजिये कभी झपटकर आगे बढ़ते, कभी रुक जाते और कभी जल्दी-जल्दी चलने लगते। किनो जानता था, ये लोग वापस आएंगे। इधर-उधर मंडराएगे, खोजेंगे, झांकेंगे-झुकेंगे और देर-सबेर उसकी छिपी जगह पर ही आ पहुंचेंगे।

वह पीछे खिसक आया। इस बार निशानों को मिटाने की चिन्ता भी नहीं की। कर भी नहीं सकता था-बहुत-से निशान छूट गए थे, जाने कितनी टूटी टहनियां, पैरों की घिसटन और हटेसरके पत्थर। अब किनो के हाथ-पांव फूल गए थे और उसपर भागने का भूत सवार हो गया था। वह जानता था, खोजिये उसके छूटे निशान ज़रूर खोज निकालेंगे। अब तो भागने के सिवा कोई भी चारा नहीं बचा था। सड़क से बचकर तिरछे रास्ते से जल्दी-जल्दी दबे पांव वह जुआना के पास, छिपे स्थान पर लौट आया। उसने प्रश्न-दृष्टि से किनो की ओर देखा।

"खोजिये।" उसने बताया—"चल उठ।"

और तब अचानक एक बड़ी लाचारी और हताशा का भाव उसपर छा गया। चेहरा काला पड़ गया और आंखों में कातरता उमड़ आई। "अब तो शायद पकड़े जाने में ही कुशल है!"

झटके से जुआा तनकर खड़ी हो गई। उसकी बांह पर हाथ रखा और भर्राए गले से प्रायः चीखकर पूछा—"तुम्हारे पास मोती है न! तुम सोचते हो, तुम्हें ये लोग जिन्दा वापस ले जाएंगे, ताकि तुम लोगों से कह दो कि इन्होंने मोती चुरा लिया है?"

उसने मरे-मरे हाथ से कपड़ों के भीतर मोती टटोलते हुए बड़े निर्बल भाव से कहा—"ये लोग इसे यहां से ले लेंगे।"

"चलो।" जुाना ने कहा—"चलो।"

और तब भी किनो पर इसकी कोई प्रतिक्रिया नहीं हुई—"तू सोचती है, ये राक्षस मुझे ज़िन्दा छोड़ेंगे? हमारे मुन्ने को, इस बच्चे को जीवित रहने देंगे?"

लेकिन जुआना का उकसाना उसके मन को लग गया था। उसके होंठ ऐंठकर कस गए और आंखें खूंखार हो उठीं—"चल!" वह बोला—"हम लोग पहाड़ों पर निकल जाएंगे। हो सकता है, हमारे पीछे ये लोग

भटक ही जाएं।"

फिर उन्मत्त की तरह उसने अपने तूंबे और छोटे-छोटे थैले उठा लिए। यही उसकी सम्पत्ति थी। किनोबायें हाथ में एक पोटली लिए था, दाहिने हाथ में बड़ा चाकू झूल रहा था। वह जुआना के लिए भाऊ चीर-चीरकर रास्ता बनाता जाता था। वे लोग ऊंचे-ऊंचे पथरीले पहाड़ों की तरफ यानी पश्चिम दिशा की ओर जल्दी-जल्दी चले जा रहे थे। नीचे की घास-फूस में उलझते-फंसते वे लोग तेज़-तेज़ भाग रहे थे। एक तरह सिर पर पांव रखकर भागना था। कंकड़-पत्थरों को ठोकरें मारता, छोटे-छोटे पेड़ों से झरी चुगलखोर पत्तियों को कुचलता वह जिस रास्ते से भागा चला जा रहा था उसे छिपाने की कोशिश भी इस बार उसने नहीं की। सिर के ऊपर सूरज चटखी हुई धरती पर कहर ढा रहा था, इसलिए नीचे की घास-फूस भी विरोध में किटकिटा रही थी। लेकिन सामने ही पत्थर-ढोकों के मलबे के ऊपर काले-काले ग्रेनाइट पत्थरों के नंगे पहाड़ खड़े थे, और आसमान की पृष्ठभूमि में ऐसे लगते थे जैसे एक ही पत्थर का स्तूप हो। और किनो उस ऊंची जगह की ओर इस तरह भागा जा रहा था जैसे पीछा किए जाने पर अक्सर सारे जानवर भागते हैं।

यह ज़मीन बंजर थी, सिर्फ नागफनी चारों ओर फैली थी। यहां यह पेड़ अपने भीतर काफी दिनों तक पानी जमा रखता है और इसकी जड़ें काफी बड़ी और झालरदार होती हैं, जो हल्की-सी तरावट के लिए धरती में बहुत गहरी चली जाती हैं और ज़रा-सी सीलन पाकर ही बढ़ निकलती हैं। इस समय पैरों के नीचे ज़मीन नहीं, बल्कि टूट-फूटे पत्थरों की तिकौनी गिट्टियां, बड़े-बड़े नुकीले गत्तर पड़े थे। इन में धारा के पानी से घिसकर गोल हुई बटिया एक भी नहीं थी। बेचारी मरी-सूखी घास के गुच्छे पत्थरों के बीच उग आए थे। एक बारिश में यह घास जमी, उगी और बीज छोड़कर मर गई। सींगोंवाले मेंढक इस परिवार को जाते हुए

देखते और अपने छोटे-छोटे घूमनेवाले पौराणिक राक्षसों जैसे सिर इधर से उधर घुमाते। कभी-कभी कोई बड़ा-सा जंगली खरगोश, छांह में इनके आने की आहट से चौंकता और उछलकर बाहर भागता हुआ पासवाले पत्थर के पीछे जा छिपता। बंजर पर भांय-भांय करती चिलचिलाती धूप फैली थी और सामने के पथरीले पहाड़ बड़े ठण्डक-भरे और बांहें फैलाकर बुलाते दीखते थे।

और किनो भाग रहा था। भाग रहा था और जानता था, आगे क्या होगा। कुछ दूर सड़क-सड़क आगे जाकर खोजिये जान लेंगे कि वे चूक गए हैं, इसलिए खोज लगाते, एक-एक चीज़ जांचते-परखते लौट आएंगे। ज़रा-सी देर में उस जगह का पता लगा लेंगे जहां किनो और जुआना सुस्ताए थे। इसके बाद तो काम आसान हो जाएगा, ये छोटे-छोटे पत्थर, गिरी हुई पत्तियां, झटककर इधर-उधर की गई टहनियां, जहां-तहां पांव फिसला है वहां घिसटन के निशान उनके लिए बहुत काफी हैं। मन की आंखों के सामने किनो को वे साफ दिखाई दे रहे थे, निशान-निशान धीरे-धीरे खिसकते हुए उत्सुक बेचैनी से कूं-कूं करते खोजिये, और उनके पीछे वह काला, बंदूक लिए उदासीन-सा घुड़सवार। इस बंदूकवाले का काम सबसे बाद में आएगा क्योंकि उन्हें वह ज़िन्दा पकड़कर तो ले जाने से रहा। उफ ! कुटिल संगीत अब किनो के सिर में ज़ोर-ज़ोर से बजने लगा। साथ-साथ बज रही थी चिलचिलाती धूप की कराह और सांप के फूंकारने का झनझनाता निर्दय स्वर। उस समय वह संगीत बहुत शक्तिशाली और छा जानेवाला नहीं था, लेकिन था बड़ा गोपन, रहस्यमय और ज़हरीला और उसके दिल की धाड़-धाड़ उसमें निम्न स्वर और ताल का काम कर रही थी।

अब रास्ता ऊपर चढ़ाई पर उठने लगा। जैसे रास्ता ऊपर जाता

था चट्टानें बड़ी-बड़ी होती जाती थीं। लेकिन किनो, अपने परिवार और पीछे लगे खोजियों के बीच कुछ फासला बनाए रखने में सफल हो गया था। इसलिए पहली चढ़ाई पर ही वह सुस्ताया। एक बड़े से ढोके पर चढ़कर उसने सबसे पहले तो चिलचिलाती भूमि को देखा—लेकिन दुश्मन नज़र नहीं आए, और न ही झाऊ में होकर आता ऊंचा घुड़सवार दीखा। ढोके की ओट में जुआना आलथी-पालथी मारकर बैठ गई। उसने पानी का तूंबा उठाकर कोयोतितो के होंठों से लगा दिया तो उसकी सूखी जीभ चुसुर-चुसुर करके बुरी तरह पानी चूसने लगी। किनो लौटा तो सिर उठाकर जिज्ञासा से उधर देखा। उसने देखा, किनो भाऊ और पत्थरों से उसके कटेफटे खरोंचे लगे टखनों को गौर से देख रहा है तो झट लहंगे से उन्हें ढक लिया। फिर पानी की कुप्पी उसकी तरफ बढ़ा दी, लेकिन किनो ने अनिच्छा से सिर हिला दिया। जुआना का चेहरा थका-मांदा था; लेकिन उसकी आंखों में चमक थी। किनो ने अपने चटखे-सूखे होंठों को जीभ फेरकर तर किया। बोला—"जुआना, मैं आगे जाता हूं। तू कहीं छिप जा। मैं उन्हें पहाड़ों में ले जाकर भटका दूंगा। और जैसे ही वे यहां से चले जाएं, वैसे ही तू उत्तर की ओर लॉरेटो या सान्ता रोज़ालिया को चली जाना। अगर इनसे बचकर आ पाया तो मैं भी वहीं तेरे पास आ जाऊंगा। अब तो यही एक सुरक्षित रास्ता नज़र आता है।"

वह पल-भर सीधे उसकी आंखों में आंखें डालकर देखती रही, फिर कहा—"नहीं। हम लोग सब साथ ही रहेंगे।",

"मैं अकेला रहूंगा तो ज़्यादा फुर्ती से जा सकूंगा।" उसने झिड़ककर कहा—"अगर मेरे साथ रहेगी तो मुन्ने को भी खतरा रहेगा।"

"नहीं।" जुआना ने जवाब दिया।

"तू मान जा, इसीमें अक्लमन्दी है। और मेरी इच्छा भी यही है।"

उसने फिर समझाया।

"नहीं।" जुआना ने जवाब दिया।

किनो ने उसके चेहरे की ओर देखा, शायद कहीं कोई कमज़ोरी, भय या विकल्प का चिह्न हो; लेकिन चेहरे पर ऐसा कुछ भी नहीं था। उसकी आंखें खूब चमक रही थीं। लाचारी के भाव से उसने अपने कंधे उचकाए, लेकिन जुआना ने उसे शक्ति दे दी थी। इस बार ये आगे बढ़े तो यह भागना पहले जैसा घबराहट-भराभागना नहीं था।

जैसे-जैसे ज़मीन पहाड़ की ओर ऊंची होती जाती थी, पल-पल पर रंग बदल रही थी। अब पहाड़ों से कट-कटकर गिरे काले पत्थरों के ढोके थे, जिनमें बीच-बीच में गहरी दरारें पड़ी थीं। सपाट, नंगे और सख्त पत्थरों पर निशान नहीं छूटते थे, इसलिए जहां तक बन पड़ता था किनो उन्हींपर चल रहा था, या एक पटिया से दूसरी पर छलांग लगाकर पहुंच जाता था। जानता था, जहां भी खोजिए उसका रास्ता पाने में चूकेंगे, वहीं इधर-उधर चक्कर लगाएंगे और दुबारा उसका सुराग खोज निकालने में उनका काफी वक्त ज़ाया होगा। इसलिए अब सीधे पहाड़ की ओर न जाकर वह कभी इधर और उधर आड़े-तिरछे ढंग से जाने लगा। कभी एकदम उलटा दक्षिण की ओर चल देता, वहां कोई निशान छोड़ता और फिर नंगे पत्थरों पर होकर पहाड़ों की ओर बढ़ जाता। अब रास्ते की चढ़ाई सीधी हो गई थी सो चलते हुए थोड़ा-थोड़ा हांफना पड़ता था।

सूरज अब नीचे, पहाड़ों की नंगी, नुकीली, दांतेदार चोटियों की ओर उतर रहा था। पर्वत-मालाओं के अन्दर एक घनी और छायादार दरार को अपना लक्ष्य बनाकर किनो उधर की ओर बढ़ा जा रहा था। अगर यहां कहीं पानी नाम की चीज़ हो सकती है तो उसी दरार में होगी। बहुत दूर पर, वहीं पेड़-पत्तों की हरियाली के हल्के-हल्के चिह्न दिखाई

पड़ रहे हैं। और अगर इन चिकने समतल पत्थरों के बीच से कहीं जाने का रास्ता होगा तो वह भी उस गहरी दरार के आसपास होकर ही निकलता होगा। इसमें एक खतरा यह भी हो सकता है कि यही बात खोजियों के मन में भी आएगी। लेकिन पानी की खाली कुप्पी ने यह बात मन में अधिक टिकने ही न दी। जैसे-जैसे सूरज अस्ताचल की ओर आता रहा, किनो और ज़ुआना, थके-मांदे जैसे-तैसे खड़ी चढ़ाई से होकर उस दरार की ओर बढ़ते चले गए।

भूरे-भूरे पत्थर के पहाड़ों में ऊपर जाकर, झकी-कुबड़ी-सी चोटी के नीचे, एक पत्थर को फोड़कर छोटा-सा झरना कल-कल करता बह निकला था। गर्मियों में किसी आड़ में बची-खुची बर्फ पिघल-पिघलकर इसमें बहती रहती थी। जब-तब एकदम सूख भी जाता था। उस समय सपाट चट्टानें और मोथे की सूखी जड़ें ही तले में बची रह जाती थीं। पर प्रायःही यह झरना सदा छलछलाता, शीतल, स्वच्छ और सुहावना बहता रहता था। जिन दिनों जल्दी-जल्दी बारिशें होती थीं उन दिनों शायद यह ताजे पानी के भारी प्रपात का रूप ले-लेता होगा और सफेद पानी की मोटी-सी धारें पहाड़ी दरार से धड़-धड़ करके गिरती रहती होंगी, लेकिन प्रायः हमेशा यह पतले से चश्मे के रूप में ही रहता था। पहले छल-छल करता एक गड्ढे में जमा होता, फिर सौ फीट नीचे दूसरे गड्ढे में जा गिरता। यह गड्ढा लबालब भर जाता तो पानी बह-बहकर फिर आगे फैलने लगता और इसी क्रम से नीचे और नीचे का सिलसिला चला गया था। हां, नीचेवाली उठी हुई धरती के ऊबड़-खाबड़ मलबे में जाकर झरना एकदम गायब हो गया था। यों भी वहां तक पहुंचते-पहुंचते उसमें कुछ रह भी नहीं जाता था, क्योंकि जितनी भी बार यह नीचे ढालू जगह पर पड़ता, प्यासी हवा उसका कुछ न कुछ भाग सोख ही लेती थी और रहा-सहा गड्ढों से

छलक-छलककर आसपास की सूखी हरियाली में फैल जाता। मीलों दूर से जानवर इन छोटे-छोटे गड्ढों से पानी पीने आते थे, जंगली भेड़ें और हिरन, बन-बिलाव, सेही—सबके-सब पानी के लालच से आ जाते थे। इस झरने के आसपास जहां-जहां इतनी मिट्टी जम पाई थी कि जड़ें पनप सकें, वहीं-वहीं पेड़-पौधों के उपनिवेश जैसे उग आए थे। उनमें थे जंगली अंगूर, छोटे-छोटे ताड़, निहायत खूबसूरत और मुलायम पत्तोंवाले फर्न के पेड़, जंगली जवा की झाडियां, नुकीली पत्तियों के ऊपर उठे पंखदार सरकंडोंवाली सरपत के झुरमुट। गड्ढे में मेंढक और मछलियां रहती थीं और गड्ढे के तले में दुनिया भर के जलचर रेंगते थे। जिसजिसको पानी से प्यार था वही इन इक्की-दुक्की उथले पानीवाली जगहों पर आ जाता था। बिल्लियां यहां आकर शिकार करतीं, पंख बिखेर जातीं और चप्-चप् करके अपने खून सने दांतों से पानी पीतीं। ये छोटे-छोटे गड्ढे पानी के कारण जीवन के केन्द्र थे और पानी के कारण ही मरण-स्थल भी।

सबसे नीचे पहुंचकर जहां से पानी, सौ फीट नीचे गिरकर ऊबड़-खाबड़ बंजर में खो जाता था, वहां ठीक ऊपर, नीचे गिरने से पहले झरने का पानी एक जगह इकट्ठा होता था और पत्थर और रेत का एक छोटा-सा चबूतरा बन गया था। पानी की सिर्फ एक निहायत ही पतली धार गड्ढे में गिरती थी, लेकिन वही गड्ढे को भरा रखने को काफी थी। उसी पतली धार की बदौलत चट्टान के नीचे, उभरे हिस्से में खड़े फर्न के पेड़ हरे-भरे बने रहते थे, जंगली अंगूर की बेलें पहाड़ पर चढ़ आई थीं और दुनिया-भर के पेड़-पौधे चन की वंशी बजाया करते थे। बरसाती झरनों ने रेत के छोटे-छोटे तट बना दिए थे और उन्हीं में होकर गड्ढों का पानी बहता रहता था और गीली रेती में हरी-हरी चमकदार जल-कुम्भी उग आई थी। पानी पीने या शिकार की तलाश में आनेवाले जानवरों के

पैरों से रेत के ये तट कट-फट गए थे और दुनिया भर के खुरों के निशान खुद गए थे।

किनो और जुआना जैसे-तैसे, बमुश्किल तमाम, चढ़ाव उतरकर ढाल पर होते हुए आखिरकार जिस समय झरने पर आकर लगे, उस समय सूरज, पथरीले पहाड़ों को लांघ गया था। इस जगह खड़े होने पर, धूप-धुने बंजर के पार बहुत दूर नीली-नीली खाड़ी तक दिखाई देती थी। जब ये यहां पहुंचे तो थककर चूर-चूर हो गए थे। जुआना तो धम् से घुटनों के बल बैठ गई। सबसे पहले उसने कोयोतितो का मुंह धोया, फिर कुप्पी भरकर उसे पानी पिलाया। बच्चा, अत्यन्त थकान के कारण चिड़चिड़ा हो गया था और धीरे-धीरे रोने लगा था। जुआना ने उसके मुंह में स्तन दे दिया तो चुप हो गया। और फिर गूं-गं करता हुआ उसकी छाती से चिपका रहा। किनो ने गड्ढे से ही खूब लम्बे-लम्बे घूंटों से जी भरकर पानी पिया। फिर कुछ देर हाथ-पांव तानकर अंगड़ाइयां लेता और अपने अंग-प्रत्यंग ढीले छोड़कर, जुआना को स्तन-पान कराते देखता रहा। फिर सहसा ही उठ खड़ा हुआ और चट्टान के किनारे, जहां से पानी गिरता था, वहां खड़े होकर दूर-दूर तक बड़ी सावधानी से देखता-भांपता रहा। उसकी आंखें एक बिन्दु पर जम गईं, शरीर सख्त हो आया। ढाल के नीचे बहुत दूर वे दोनों खोजिये दिखाई पड़ रहे थे। बिन्दुओं या गुप्तचर चींटियों से कुछ ही बड़े : लगते थे, उनके पीछे एक बड़ी चींटी थी।

जुआना उसकी आर घूमी तो किनो की तनी हुई पीठ पर नज़र पड़ी।

"कितनी दूर हैं?" धीमे से पूछा। "रात होते-होते यहां आ पहुंचेंगे।" कहकर किनो ने दरार की सीधी खड़ी ढलान को देखा, जहां से पानी बहकर नीचे आता था। "पश्चिम की तरफ चले चलें।"

वह बोला और उसकी निगाहें इस चट्टान के पीछे पत्थर के पुट्ठे में कहीं कोई जगह तलाश करने लगीं तो इस पुट्ठे में करीब तीस फीट ऊपर पत्थर के फट जाने से बनी छोटी-छोटी गुफाओं का सिलसिला दिखाई दिया। उसने चप्पलें उतारीं और यहां-वहां नंगे पत्थर पर अंगूठे अड़ाता हुआ ऊपर चढ़ गया और इन खोहों में झांक-झांककर देखने लगा। ये सिर्फ कुछ ही फीट गहरी होंगी-आंधी-पानी के लगातार प्रहारों से पत्थरों में कटोरी की तरह पोली हो गई थीं, लेकिन अन्दर पीछे की तरफ थोड़ी ढालू थीं। किनो ने सबसे बड़ी खोह में लेटकर देखा कि बाहर से कोई देख सकता है या नहीं। पता लगा, नहीं देख सकता ; तो फुर्ती से जुआन के पास लौट आया।

"तू ऊपर चल। वहां शायद वोलोग हमें न खोज पाएं।" बोला।

बिना कुछ पूछ-ताछे उसने पानी की कुप्पी को मुंह तक भर लिया। फिर किनो ने सहारा देकर उसे खोह तक चढ़ा दिया और नीचे से ही खाने की पोटलियां इत्यादि पकड़ा दीं। खोह के मुंह पर बैठी-बैठी जुआना उसे देखती रही। देखा, किनो ने रेत में निशानों को मिटाने की कोई कोशिश नहीं की। उलटे, पानी के पासवाली झाऊवाली चट्टान पर चढ़ते समय, फर्न के पेड़ों और जंगली अंगूर की बेलों को खींचता-नोंचता रास्ता बनाता आया है। दूसरी तरफवाले उठान पर जब करीब सौ फीट चढ़ लिया तो फिर नीचे उतर आया। बड़ी सावधानी से देख-भाल लिया कि गुफा की तरफवाले चिकने चट्टानी पुट्ठे पर कोई निशान तो नहीं छूट गया'। यह सब करके वह ऊपर चढ़ आया औरखोह में सरककर जुआना के पास आ गया।

"जब ये लोग उधर सामनेवाले चढ़ाव पर ऊपर चले जाएंगे, तो हम लोग फिर नीचे उतर चलेंगे। मुझे सिर्फ यही डर है कि कहीं मुन्ना न रोने लगे। ध्यान रखियो, रोए बिलकुल भी नहीं।"

"नहीं, ये नहीं रोएगा।" जुआना बोला और मुन्ना का मुंह उठाकर अपने मुंह के पास ले आई और उसकी आंखों देखने में लगी। मुन्ना बड़ी संजीदगी से टुकुर-टुकुर उसकी आंखों में देखता रहा।

"सब समझता है।" जुआना ने लाड़ से कहा।

अब किनो खोह के मुहाने पर ही लेट गया, दोनों बांहें एक-दूसरे पर रखीं और उनपर अपनी ठोड़ी टिका ली। देखता रहा, कैसे पहाड़ की नीली परछाईं उस भाऊ-भरे बंजर पर होती हुई अन्त में खाड़ी तक जा पहुंचती है और उस परछाई की गोधूलि किस तरह मैदानों पर दूर तक फैली रहती है।

खोजियों को आने में बहुत समय लग रहा है—शायद किनो के जान-बूझकर छोड़े गए निशान उन्हें इधर-उधर भटका रहे होंगे।

आखिर जब वे पानी के छोटे गड्ढे पर दिखाई पड़े तो रात का धुंधलका पूरी तरह उतर आया था। अब तीनों ही पैदल थे। इस अंतिम सीधी ढलान पर घोड़ा शायद चढ़ नहीं पाया था। रात के समय ऊपर से तीनों पतली-पतली छाया-मूर्तियों जैसे लगते थे। दोनों खोजियों ने छोटे-से तट पर इधर-उधर ताक-झांक की तो ऊपरवाली चट्टान की ओर चढ़ते किनो के निशान मिल गए। अब उन्होंने पानी पिया। बन्दूकवाला बैठकर सुस्ताने लगा, दोनों खोजिये भी उसके पास ही आलथी-पालथी मारकर बैठ गए। रात में उनकी सिगरेटों के जलते गुल कभी भभक उठते, कभी मंद पड़ जाते। और फिर किनो ने देखा, वे लोग खाना खा रहे हैं। उनकी बातचीत की हल्की भनभनाहट ही उसके कानों में पड़ पा रही थी।

फिर पहाड़ी चट्टान पर गाढ़ा-गाढ़ा काला अंधेरा उतर आया। रोज़ पानी के गड्ढे का उपयोग करनेवाले जानवर आज भी आए; लेकिन आदमियों की गन्ध पाकर अंधेरे में वापस खिसक गए।

किनो को अपने पीछे बोलने की आवाज़ सुनाई पड़ी। जुआना

फुसफुसाकर कोयोतितो को चुप करने की चिरौरी कर रही थी—"कोयोतितो!" सुना, बच्चा ठुनकने लगा है। फिर उसकी घुटी आवाज़ से वह समझ गया कि जुआना ने उसके सिर को ओढ़नी में लपेट लिया है।

नीचे पानी के किनारे एक माचिस भक् से जली और उसकी क्षणिक रोशनी में किनो ने देखा, दो आदमी कुत्तों की तरह गुड़ीमुड़ी होकर पड़े सो रहे हैं और तीसरा रखवाली कर रहा है। बंदूक की चमक भी रोशनी में झलकी। माचिस की रोशनी बुझ गई; लेकिन किनो की आंखों में एक पूरी तस्वीर अभी भी खिंची रह गई थी। अब उसे साफ-साफ दीख रहा था—कौन आदमी किस तरह है। गोल-मोल होकर दोनों आदमी सो रहे हैं और तीसरा दोनों घुटनों के बीच बन्दूक लिए, आलथी-पालथी मारे रेत में बैठा है।

आहिस्ता से किनो खोह के भीतर खिसक पाया। आसमान का कोई निचला सितारा जुआना की आंखों में प्रतिबिंबित हो रहा था और वे दोनों अंगारों जैसी चमक रही थीं। किनो सरककर एकदम उसके पास आ गया और कनपटी से होंठ सटाकर बोला—"एक तरीका है।"

"मगर तुम्हें मार डाला तो?"

किनो ने कहा—"बन्दूकवाले को पहले जा दबोचूं तो काम बन जाएगा। अगर उसे मार लिया तो समझो फिर कोई डर नहीं है। उनमें दो तो सो रहे हैं।"

उसका हाथ ओढ़नी से बाहर निकल आया आर उसने किनो की बांह पकड़ ली—"तारों की रोशनी में तुम्हारे ये सफेद कपड़े दिखाई पड़ जाएंगे।"

"नहीं।" उसने कहा—"करना है तो चांद निकलने से पहले ही वहां पहुंच जाऊंगा।"

वह कोई प्यार का शब्द खोजता रहा, फिर रह गया—"अगर ये मुझे मार डालें तो चुपचाप यहीं पड़ी रहना। जब ये लोग चले जाएं तो लॉरेटो चली जाना।"

किनो की कलाई थामे उसका हाथ कंपकंपा उठा।

"अब तो और कोई रास्ता बचा ही नहीं है।" किनो ने कहा—"यही एक तरीका है, वर्ना सुबह होते ही ये हमें पकड़ लेंगे।"

जुनाना की आवाज़ ज़रा-सी थरथराई। "भगवान तुम्हारी रक्षा करें।" स्वर निकला।

बहुत पास से किनो ने आंखें गड़ा-गड़ाकर जुआना को देखा तो बड़ी-बड़ी आंखें दिखाई पड़ी। थरथराता हाथ मुन्ना को टटोल रहा था। पलभर अपनी हथेली कोयोतितो के सिर पर रखे रहा। फिर हाथ हटाकर जुआना का गाल थपथपाया और जुआना सांस रोके अपने-आपको संभाले रही।

खोह के मुंह पर पीछेवाले आसमान के उजास में जुआना ने देखा, किनो अपने सफेद कपड़े उतार रहा है। चाहे जितने गंदे और फटे-चिथड़े हो गए हों, रात के अंधेरे में तो चमक ही जाएंगे। शरीर का सांवला-गेहुंआ रंग उसका बचाव ज़्यादा अच्छी तरह कर सकता था। फिर उसने देखा, किनो ने गले में तावीज़वाले डोरे को चाकू की सींग की मूंठ में फंसाकर सामने छाती की ओर लटका लिया। अब उसके दोनों हाथ खाली थे। लौटकर वह जुबाना के पास नहीं आया। पलभर खोह के मुंह पर झुका और शरीर की काली छाया पलभर खड़ी रहकर झटके से बाहर चली गई।

खोह के द्वार पर आकर जुआना ने बाहर इधर-उधर देखा। पहाड़ में बने खोंतर से वह उल्लू की तरह मुटर-मुटर देख रही थी। पीठ पर कम्बल में लिपटा मुन्ना सो रहा था और उसका चेहरा एक करवट, जुआना के

कन्धे और गर्दन से सटा था। अपनी खाल पर मुन्ने की गर्म-गर्म सांसें उसे महसूस हो रही थीं। मुंह से वह प्रार्थना और मंत्र, मेरी के भजन और कुटिल राक्षसों से बचने के पुराने जादू-टोने सबकोएकसाथमिला-जुलाकर सांस ही सांस में बोले चली जा रही थी।

बाहर झांककर देखने से रात का अंधियारा कुछ कम लगता था। पूरब दिशा में जहां से चांद निकलनेवाला था वहां क्षितिज के पास, नीचे आसमान उजला हो चला था। नीचे झांकने पर उसे निगरानी करते आदमी की सिगरेट का गुल भी दिखाई दिया।

किनो चट्टान के ढोके पर छिपकली की तरह धीरे-धीरे नीचे सरक रहा था। उसने गले की डोरी घुमाकर पीछे की तरफ कर ली थी और चाकू पीठ पर ले लिया था, इससे वह पत्थर पर नहीं टकराता था। पंजे फैलाकर वह पहाड़ को पकड़ लेता और नंगे पांव के अंगूठे इधर-उधर टटोलकर टिकने के लिए कोई जगह खोज लेते। उसकी छाती पत्थर से इस तरह सटकर चिपकी थी कि वह फिसलने नहीं देती थी। जरा-सा भी खटका, कंकड़ का लुढ़कना या सांस की आवाज़, शरीर या चट्टान की ज़रा-सी भी खिसकन नीचे निगरानी करते लोगों के कान खड़े करने को काफी थी। कोई ऐसा खटका, जो रात का अपना नहीं था, उन्हें चौकन्ना कर देता। लेकिन रात भी एकदम निस्तब्ध नहीं थी। धार के पास रहनेवाले छोटे-छोटे मेंढक चिड़ियों की तरह चूं-चूं कर रहे थे, झींगुरों की झनकार पहाड़ी दरार में झन-झन करती भरी थी। और किनो के सिर में उसका अपना संगीत था—प्रायः शान्त सोया बहुत ही मन्द स्वर में स्पन्दित शत्रु-संगीत था। लेकिन उसका परिवार-गीत जंगली बिल्ली के नुकीले पंजों जैसा खूंखार और धारदार और बिल्ली जैसा ही सतर्क हो उठा था। परिवार-गीत अब जीवित और जीवन्त हो आया था और उसे कुटिल शत्रु की तरफ धकेल रहा था। टिटहरी ने कान फोड़ती आवाज़

में बाकायदा आलाप ही शुरू कर दिया था और चूं-चूं करते छोटे-छोटे मेंढक सुर में सुर मिलाकर दाद दिए जा रहे थे।

और किनो पहाड़ के सपाट पत्थरों पर छाया की तरह बे-आवाज़ सरक रहा था। पहले एक पंजा, बित्ता दो बित्ता बढ़ता, पत्थर को छूकर अंगूठा उससे लिपट जाता, फिर दूसरा पैर कुछ दूर जाता, तब एक हथेली नीचे सरकती और दूसरा हाथ आ जाता। इस तरह सारा शरीर चुपके से सरक जाता, लेकिन लगता बिलकुल भी नहीं था कि शरीर सरका है। मुंह खुला था—ताकि सांस तक आवाज़ न कर पाए। उसे खुद भी तो यह पता था कि वह अदृश्य नहीं है। अगर रखवाली करनेवाले ने उसका सरकना ताड़कर पत्थर पर चिपके काले धब्बे की तरफ देख लिया तो वह एकदम साफ ही दीख जाएगा। यह धब्बा ही तो उसका शरीर था। उसे ऐसे आहिस्ते सरकना था कि उधर चौकीदार की निगाह ही न खिंच पाए। जाने कितनी देर बाद आखिर वह नीचे जड़ में जा पहुंचा और एक छोटे और बोने-से ताड़ के पीछे उकड़ूं होकर बैठ गया। छाती के भीतर दिल धाड़-धाड़ कर रहा था और चेहरा पसीने से तरबतर हो गया था। उकड़ूं बैठे-बैठे ही अपने को शान्त करने के लिए लम्बी-लम्बी सांसें खींचीं।

अब सिर्फ बीस फुट का फासला उसे दुश्मन से अलग किए था।बीच की ज़मीन को वह अच्छी तरह दिमाग में बैठाने की कोशिश कर रहा था। पैरों में झुरझुरी चढ़ने लगी थी, उसे रोकने के लिए उसने पिंडलियों को मसलना शुरू कर दिया। लगा, इतनी देर के तनाव के बाद जैसे उसका अंग-प्रत्यंग थर-थर कांप रहा है। तभी बड़े डरते-डरते उसने पूरब की ओर आशंका से निगाह डाली। कुछ ही देर में चांद निकल आएगा—उससे पहले ही उसे हमला कर देना है। रखवाली करनेवाले की रूपरेखा उसे दिखाई पड़ती थी, लेकिन सोनेवाले नीचे आड़ में पड़ गए थे। सबसे

पहले तो उसे इस रखवाले को ही दबोचना है, और दबोचना बिना एक पल भी इधर-उधर किए बेहिचक सीधे इसी क्षण है। चुपके से उसने तावीज़ की डोरी खींचकर लम्बे चाकू की मूठ से गांठ खोलकर उसे अलग कर लिया।

लेकिन मौका हाथ से निकल गया था। उकड़ूं बैठे रहने की स्थिति से जैसे ही ऊपर उठा कि देखा, पूरबी क्षितिज पर चांद की रुपहली कोर झांकने लगी है। किनो झट फिर अपनी झाड़ी के नीचे, ओट में हो लिया।

चांद बड़ा फटा-टूटा और बूढ़ा-सा था, लेकिन चांदनी सख्त थी और पहाड़ी दरार में निष्कंप परछाइयां डाल रही थी। पानी के गड्ढे के पास किनारे पर बैठी रखवाले की मूर्ति अब किनो को साफ-साफ दीखने लगी। रखवाला, चांद की तरफ भकुओं की तरह देखे जा रहा था। उसने दूसरी सिगरेट जला ली, दियासलाई की रोशनी ने उसके अंधेरे चेहरे को उद्भासित कर दिया। अब बिलकुल भी देर नहीं करनी है, जैसे ही रखवाले ने उधर सिर घुमाया कि किनो टूट पड़ेगा। कसी कमानी की तरह उसके पांव तन गए।

और तभी ऊपर की ओर से हुंआ-हुंआ करके रोने की आवाज़ सुनाई दी। यह कैसी आवाज़ है? सुनने के लिए रखवाले ने उधर की ओर सिर घुमाया और उठकर खड़ा हो गया। एक सोनेवाला भी धरती पर कुनमुनाकर जाग पड़ा। धीरे से पूछने लगा—"यह क्या चीज़ है?"

"पता नहीं।" रखवाला बोला—"रोने की आवाज़ लगती है। आदमी की...किसी बच्चे के रोने जैसी आवाज़ है।"

सोनेवाले आदमी ने कहा—"तुम्हें क्या पता? कोई साली लकड़बग्घी होगी। मैंने लकड़बग्घी के बच्चे का बिलकुल आदमी के

बच्चे की तरह रोते सुना है।”

पसीना किनो के माथे से फूटकर बूंद-बूंद टपकने लगा था और आंखों में गिरकर झलझलाहट पैदा कर रहा था। रोने की ज़रा-सी आवाज़ फिर आई तो रखवाला पहाड़ी के ऊपर अंधेरी खोह की ओर मुंह उठाकर देखने लगा।

“लकड़बग्घा ही लगता है।” कहने के साथ ही किनो ने बंदूक में गोली भरने की ‘क्लिक’ आवाज़ सुनी।

“लकड़बग्घा होगा तो यह उसे अभी ठण्डा किए देती है।” खोह की तरफ बन्दूक तानकर रखवाला बोला।

और किनो की छलांग के बीच ही बंदूक दहाड़ी और नली से कोंधती आग ने उसकी आंखों के सामने एक तस्वीर खींच दी। झपटकर चाकू का वार, चर-चर करके शरीर चीरता चला गया और गर्दन फाड़कर पसलियों में उतर गया और किनो अब एक खूंखार मशीन में बदल गया। चाकू झटककर वापस खींचने के साथ-साथ उसने बंदूक को भी मुट्ठी में कसकर पकड़ लिया। उसकी शक्ति, उसकी गति और फुर्ती सब मशीन जैसी अचूक और अमोघ होउठी थीं। तेज़ी से पलटकर उसने बैठे हुए आदमी को तरबूज़ की तरह दोंच डाला। तीसरा आदमी केकड़े की तरह हाथ-पांव के बल लुढ़कता-पुढ़कता भागा और गड्ढे में उतरकर पागलों की तरह अन्धाधुन्ध ऊपर चढ़ने लगा। वह उस चट्टान पर चढ़कर भागने की कोशिश कर रहा था जहां से पानी की पतली-सी धार नीचे गिरती थी। जंगली अंगुर की बेल के गुंझल में उलझे हुए अपने हाथ-पांव पटक-झटककर वह जी-जान से अपने को छुड़ाने की कोशिश कर रहा था और इस उठ-भागने की कोशिश में वह लगातार झल्लाता, झुंझलाता हुआ मुंह से गालियां बके जा रहा था। लेकिन किनो फौलाद की तरह सर्द,

निर्दय और खूंखार हो उठा था। बड़ी दृढ़ता से उसने घोड़ा चढ़ाया, बंदूक उठाकर उसी दृढ़ता से निशान साधा और घोड़ा दबा दिया ! धांय ! देखा, दुश्मन पीठ के बल गड्ढे में लुढ़क पड़ा था। किनो पानी ठेलता एकदम उसके पास जा पहुंचा। चांदनी में चमकती दो पागल और भय-स्तब्ध आंखें सामने देख रही थीं—और तब किनो ने ठीक आंखों के बीच निशाना साधकर फिर बन्दूक दाग दी।

और अब किनो असमंजस में खड़ा था, समझ में नहीं आ रहा था कि क्या करे? कोई संकेत था जो उसके दिमाग में रह-रहकर ठोकर मारता समझा रहा था कि कहीं कुछ गलत और गड़बड़ हो गया है। पेड़ों के मेंढक और झींगुर सहसा ही चुप हो गए थे। और फिर इस खूनी एकाग्रता से किनो का दिमाग साफ हो गया और उसकी समझ में आने लगा कि पथरीले पहाड़ के पुट्ठे में बनी उस छोटी-सी खोह से निकल-निकलकर आनेवाली, कराहती, रोती-बिलखती और कानों को चीरती सन्निपातग्रस्त विलाप की लगातार आवाज़ क्या है? किसकी है? यह विलाप वास्तव में मौत का विलाप था !

ला-पाज़ का हर व्यक्ति आज भी परिवार के लौटने की घटना को याद करता है। हो सकता है, कुछ बड़े-बूढ़े अब भी हों, जिन्होंने खुद अपनी आंखों से उस घटना को देखा हो। बहरहाल, जिनके बाप-दादाओं ने उसके बारे में बताया होगा, वे भी उसे याद करते हैं। क्योंकि यह एक ऐसी घटना थी, जिसका असर सभीपर पड़ा था, और सबका इससे सम्बन्ध था। मानो यह घटना सबके साथ घटित हुई हो।

सुनहला अपराह्न ढल रहा था। तभी पहले-पहल छोटे-छोटे लड़कों ने कस्बे में अन्धाधुन्ध भागते हुएआप्राकर सबको खबर कर

दी—किनो और जुआना लौटकर आ रहे हैं। पश्चिमी पहाड़ों की ओर सूरज डूब रहा था और ज़मीन पर परछाइयां लम्बी हो चली थीं। शायद इस वातावरण के कारण भी उन्हें देखनेवालों के मन पर गहरा असर छूट गया हो।

दोनों खेतों, चरागाहों से आनेवाली लीकदार सड़क से कस्बे में आए। हमेशा की तरह—किनो आगे और जुआना पीछे—सीधी लाइन बनाकर नहीं; बल्कि दोनों साथ-साथ चले आ रहे थे। सूरज उनके पीछे था और उनकी लम्बी-लम्बी परछाइयां, चुप-चुप आगे-आगे सरकती आ रही थीं। लगता था मानो दोनों अंधकार की दो मीनारें साथ-साथ लिए चले आ रहे हों। किनो के हाथों में आड़ी पकड़ी हुई बन्दूक थी और जुआना अपनी ओढ़नी को बोरे की तरह कन्धे पर लटकाए थी। उसमें एक छोटी-सी निर्जीव, भारी गठरी लिपटी थी। ओढ़नी खून के दागों की परत से कड़ी हो गई थी और जुआना के चलने के साथ गठरी इधर से उधर हिलती थी। उसका चेहरा थकान और थकान से लड़नेवाली कसावट के कारण सख्त, झुर्रियोंदार और चमड़े जैसा खुरदुरा हो गया था। उसकी फटीफटी आंखें, बाहर नहीं-अपने भीतर और अपने को ही घूर रही थीं। वह स्वर्ग की तरह, अपने-आपसे अलग होकर, बहुत-बहुत दूर चली गई था। किनो के होंठ भिंचे थे, जबड़े कसे थे और लोग कहते हैं कि उसे देखते ही मन भय से थर्रा उठता था और वह उठते हुए तूफान जैसा खूंखार दीखता था। लोगों का कहना है कि दोनों को देखकर ऐसा लगता था मानो किसी भी मानवीय अनुभव और संवेदना से कट गए हों, यातना की गहराइयों से गुज़रकर दूसरे सिरे पर निकल आए हों और जैसे एक जादुई क़वच उनके आसपास पड़ गया हो। और जो लोग, भागे-भागे उन्हें देखने के लिए आए थे, वे भीड़ की भीड़

सहमकर, उन्हें निकल जाने को रास्ता छोड़ते पीछे हट आए। कोई उनसे एक शब्द बोलने का साहस नहीं जुटा पाया।

किनो और जुआना कस्बे की सड़कों पर इस तरह चले जा रहे थे जैसे कस्बे का अस्तित्व ही न हो। उनकी आंखें न दाहिने देखती थीं न बायें, न ऊपर देखती थीं न नीचे, बल्कि सीध सामने देखे जा रही थीं। उनके कदम, काठ की बनी गुड़ियों के पांव की तरह झटके के साथ पड़ते थे, और काले भय के डरावने खम्भे उनके साथ-साथ, आसपास चल रहे थे। पत्थर-चूने के मकानोंवाले शहर के बीच से होकर जब ये दोनों चले जा रहे थे तो दलाल सलाखोंवाली खिड़कियों के पीछे से झांक-झांककर देख रहे थे, फाटक की फांक से नौकर लोग एक आंख लगाए थे और मांओं ने अपने गोदी के बच्चों के चेहरे अपने लहंगों में छिपा लिए थे। साथ-साथ कदम-ब-कदम चलते हुए किनो और जुआना पत्थर-चूने का शहर पार करके, नीचे फूस की झोंपड़ियों तक आ गए तो पड़ौसियों ने पीछे हट-हटकर उनको रास्ता छोड़ दिया। जुआन टामस ने स्वागत के लिए हाथ उठाया, लेकिन मुंह से उसके कोई दुआ-सलाम नहीं निकली और कुछ देर के असमंजस के बाद उसका हाथ अपने-आप नीचे लटक पाया।

किनो के कानों में परिवार का गीत अब दारुण रुदन की तरह भीषण हो उठा था। अब वह हर असर से दूर था, खूंखार था और उसका गीत अब युद्ध की चीत्कार बन गया था। थके और घिसटते पांवों से उन्होंने उस जले हुए हिस्से को पार किया जहां कभी उनका घर था। लेकिन उधर आंख उठाकर भी नहीं देखा। सागर के किनारे-किनारे लगे झाऊ को बीच से चीरकर उन्होंने रास्ता बनाया और तट पर होकर पानी तक आ गए। अपनी टूटी नाव को भी उन्होंने एक बार नहीं देखा।

जब एकदम पानी के किनारे आ गए तो खड़े होकर खाड़ी के पानी

के ऊपर कहीं दूर, अपलक ताकते रहे। और फिर किनो ने बन्दूक नीचे ज़मीन पर रखी, कपड़ों में हाथ डाला और उस दुर्लभ, विराट मोती को हाथ में ले लिया। उसने मोती की सतह में देखा तो वह मटमैली भूरी और फोड़े जैसी दिखाई देती थी। राक्षसी चेहरे उसमें से झांक-झांककर उसकी आंखों देखने लगे और उसमें उसे आग की लपटें उठती दीखने लगीं। मोती के पानी में उसे गड्ढे में पड़े आदमी की भयाक्रान्त आंखें दिखाई पड़ी, और मोती की सतह पर छोटी-सी खोह में पड़ा कोयोतितो दिखाई दिया, जिसकी खोपड़ी बन्दूक की गोली से उड़ गई थी। और मोती बेहद कुरूप, बेहूदा—खून की खराबी से शरीर पर फूट पड़नेवाली फुड़िया की तरह बदरंग और बेनूर—लगता था। और किनो को मोती का संगीत निहायत ही बेतुका, बेमानी और बकवास जैसा सुनाई दिया। किनो ने हल्के से सिर झटका और आहिस्ते से जुबाना की तरफ मुड़कर मोती उसकी तरफ बढ़ा दिया। वह उसकी बगल में ही खड़ी थी और कन्धे पर लदी मुर्दा गठरी को अभी तक थामे थी। उसने किनो की हथेली में रखे मोती को क्षण-भर देखा, फिर किनो की आंखों में आंखें डालकर नरम स्वर में कहा—"नहीं...तुम...।"

और किनो ने पीछे हाथ तानकर सारी ताकत से मोती को सागर में फेंक दिया। किनो और जुआा उसे डूबते सूरज की रोशनी में झलमलाते, आंखें मिचकाते दूर जाता देखते रहे। उन्होंने देखा, काफी दूर जाकर एक हल्का-सा छपाका-भर हुआ। और दोनों पास-पास खड़े देर तक उस जगह को ताकते रहे।

मोती हरे सुहाने पानी में पैठकर तले की ओर उतरता चला जा रहा था। मोथे की लहराती टहनियां हाथ हिला-हिलाकर उसे बुलाती और इशारे कर रही थीं। उसकी सतह पर मिलमिलानेवाली आभा हरी और बड़ी प्यारी लगती थी। फर्न जैसे पौधों के बीच, मोती रेतीले तल पर

जाकर ठहर गया। ऊपर हरे-हरे आइने जैसी पानी की सतह थी और तले में मोती पड़ा था। तले की धरती पर जल्दी-जल्दी दौड़ते एक केकड़े के पांवों से उठकर धूल का छोटा-सा बादल पानी में उठा और जब धूल साफ हुई तो मोती वहां नहीं था।

और इस प्रकार मोती का संगीत, केवल हिलते होंठों के अस्पष्ट शब्दों में लहराता हुआ सदा के लिए खो गया।

○ ○ ○